AF186090

Tucholsky   Wagner   Zola   Scott   Schlegel
Turgenev   Wallace   Fonatne Sydow   Freud
Twain   Walther von der Vogelweide   Fouqué   Friedrich II. von Preußen
Weber   Freiligrath
Fechner   Fichte   Weiße Rose   von Fallersleben   Kant   Ernst   Frey
Richthofen   Frommel
Engels   Fielding   Hölderlin
Fehrs   Faber   Flaubert   Eichendorff   Tacitus   Dumas
Eliasberg   Ebner Eschenbach
Feuerbach   Maximilian I. von Habsburg   Fock   Zweig
Ewald   Eliot   Vergil
Goethe   Elisabeth von Österreich   London
Mendelssohn   Balzac   Shakespeare   Dostojewski   Ganghofer
Trackl   Lichtenberg   Rathenau   Doyle   Gjellerup
Stevenson   Hambruch
Mommsen   Tolstoi   Lenz   Droste-Hülshoff
Thoma   Hanrieder
von Arnim   Hägele
Dach   Verne   Hauff   Humboldt
Reuter   Rousseau   Hagen   Hauptmann   Gautier
Karrillon   Garschin
Defoe   Baudelaire
Damaschke   Descartes   Hebbel   Gautier
Hegel   Kussmaul   Herder
Wolfram von Eschenbach   Schopenhauer   Rilke   George
Darwin   Dickens   Grimm Jerome
Bronner   Melville   Bebel   Proust
Campe   Horváth   Aristoteles   Federer
Bismarck   Vigny   Barlach   Voltaire   Herodot
Gengenbach   Heine
Storm   Casanova   Tersteegen   Grillparzer   Georgy
Chamberlain   Lessing   Langbein   Gilm   Gryphius
Brentano   Lafontaine
Strachwitz   Claudius   Schiller   Kralik   Iffland   Sokrates
Katharina II. von Rußland   Bellamy   Schilling
Gerstäcker   Raabe   Gibbon   Tschechow
Löns   Hesse   Hoffmann   Gogol   Wilde   Vulpius
Luther   Heym   Hofmannsthal   Klee   Hölty   Morgenstern   Gleim
Roth   Klee   Hölty   Goedicke
Heyse   Klopstock   Kleist
Luxemburg   Puschkin   Homer   Horaz   Mörike   Musil
La Roche
Machiavelli   Kierkegaard   Kraft   Kraus
Navarra   Aurel   Musset   Lamprecht   Kind   Moltke
Nestroy   Marie de France   Kirchhoff   Hugo
Laotse   Ipsen   Liebknecht
Nietzsche   Nansen   Ringelnatz
Marx   Lassalle   Gorki   Klett
von Ossietzky   May   Leibniz
vom Stein   Lawrence   Irving
Petalozzi   Platon   Knigge
Sachs   Pückler   Michelangelo   Kafka
Poe   Liebermann   Kock
de Sade   Praetorius   Mistral   Zetkin   Korolenko

Der Verlag tredition aus Hamburg veröffentlicht in der Reihe **TREDITION CLASSICS** Werke aus mehr als zwei Jahrtausenden. Diese waren zu einem Großteil vergriffen oder nur noch antiquarisch erhältlich.

Symbolfigur für **TREDITION CLASSICS** ist Johannes Gutenberg (1400 — 1468), der Erfinder des Buchdrucks mit Metalllettern und der Druckerpresse.

Mit der Buchreihe **TREDITION CLASSICS** verfolgt tredition das Ziel, tausende Klassiker der Weltliteratur verschiedener Sprachen wieder als gedruckte Bücher aufzulegen – und das weltweit!

Die Buchreihe dient zur Bewahrung der Literatur und Förderung der Kultur. Sie trägt so dazu bei, dass viele tausend Werke nicht in Vergessenheit geraten.

Die Sabinerin

Richard Voß

Impressum

Autor: Richard Voß
Umschlagkonzept: toepferschumann, Berlin

Verlag: tredition GmbH, Hamburg
ISBN: 978-3-8424-1370-2
Printed in Germany

Ziel der TREDITION CLASSICS ist es, tausende deutsch- und
fremdsprachige Klassiker wieder in Buchform verfügbar zu
machen. Die Werke wurden eingescannt und digitalisiert. Dadurch
können etwaige Fehler nicht komplett ausgeschlossen werden.
Unsere Kooperationspartner und wir von tredition versuchen, die
Werke bestmöglich zu bearbeiten. Sollten Sie trotzdem einen Fehler
finden, bitten wir diesen zu entschuldigen. Die Rechtschreibung der
Originalausgabe wurde unverändert übernommen. Daher können
sich hinsichtlich der Schreibweise Widersprüche zu der heutigen
Rechtschreibung ergeben.

Erstes Kapitel.

An der Tibermündung, wo alles Land ringsum Sumpf und Wildnis ist, erhebt sich unmittelbar hinter den Dünen einer jener festen Türme, von welchen im Mittelalter die ganze Meeresküste besetzt war. Die meisten dieser Schutz- und Trutzbauten sind jetzt entweder verfallen oder gänzlich vom Erdboden verschwunden und zerstört; nur wenige stehen noch an dem schönen, aber öden Gestade, vergessenen Wachtposten gleich, inmitten von Morästen und Buschwäldern. So – um einige der bekanntesten zu nennen – zwischen Nettuno und dem Circekap der berühmte Turm von Astura; gegen Civitavecchia hin Torre Flavia und von der heiligen Insel nach Porto d'Anzio zu Torre Paterno und Torre San Michele.

Aber auch die übriggebliebenen sind mehr oder minder Ruinen. Fischer und Jäger, Vogelfänger und Kohlenbrenner bewohnen sie; oder es ist in dem einen und dem andern alten Steinhaufen eine Station für Strandwächter errichtet worden. Polizisten, die einen flüchtigen Verbrecher verfolgen, nächtigen in dem öden Gemäuer; und nicht selten dient der einsame Bau einer wohlorganisierten Banditenbande zum Schlupfwinkel.

Im Hochsommer und Herbst jedoch, wenn in dem weiten Lande zwischen Gebirge und Meer die Malaria wütet, sucht sogar der Bandit und der verfolgte Mörder einen andern Zufluchtsort; dann gehört die ganze wilde Gegend den Ochsen und Büffeln und einigen wenigen fremden Arbeitern, welche, die Schatten von Lebenden, diese Gefilde des Todes bevölkern,

Ein einziger civilisierter Mensch verharrt das ganze Jahr über in jenem Gebiet des Siechtums und des Fiebers, das ist der Wächter von Torre San Michele, welcher mittelalterliche Mauerrest wegen seiner Lage an der Tibermündung als Leuchtturm und als eine – freilich wenig wichtige – Station für nautische Beobachtungen dient.

Der Turm ist ganz aus den Steinen antiker Ruinen aufgeführt. Herrliche Gebälkstücke, Inschrifttafeln und Ornamente wurden bei dem Bau als Material verwendet, die Schwelle bildet eine geborstene Grabstele, den Rand der Cisterne schmückt das Hochrelief eines

Sarkophages, und vor der Thür, über welcher ein Medusenhaupt eingemauert ward, dienen zwei korinthische Kapitale als Sitzplätze.

Eine halbzerstörte Treppe führt zum obersten Stockwerk hinauf, welches das Observatorium enthält; in der mittleren Abteilung wohnt der Beamte und zu ebner Erde befindet sich außer einer Kammer die Küche. Im zweiten Stockwerk hat man in jede der vier Wände ein Fenster eingebrochen; nur die notwendigsten Dinge sind vorhanden, und diese bestehen zumeist in Gerümpel. Die Mauern zeigen tiefe Risse, Fußboden und Decke sind stark beschädigt.

Rings um den Turm ist weder Baum noch Strauch zu erblicken; aber die Blumen der wilden Steppe ziehen einen breiten leuchtenden Saum um das graue Gemäuer, und die mit Cistusrosen und Asphodelen bewachsenen Dünen legen sich wie ein Wall von Blüten zwischen das stille Haus und die rauschenden Meeresfluten...

Ungefähr vor einem Jahrzehnt bekleidete das Wächteramt in Torre San Michele, dafür der Staat nur mit Mühe und Not einen Beamten findet, der Römer Salvatore Barozzi, ein Name, unter dem sein Träger, jedoch aus guten Gründen, weder den Herren von der Regierung noch den Landleuten bekannt war.

Der junge Mann, den das Schicksal in diese Oede verschlagen hatte, führte auf seinem Posten ein Leben so sonderbarer und abenteuerlicher Art, als befände er sich nicht wenige Meilen von einer europäischen Hauptstadt entfernt, sondern mitten in den Prärieen des Arkansas oder an irgend einer wilden Küste des Ozeans. Von seinem hohen Wachtposten aus überblickte er das Meer bis zu den Ponzainseln, und den Strand von Civitavecchia bis zum Circekap; auf der andern Seite dehnte sich das römische Land, teils Morast, teils Steppe in gewaltigem Halbkreis, umschlossen von den Höhen des Ciminiwaldes, von den Sabiner-, den Albaner- und Volskerbergen, besät mit den Trümmern antiker Bauwerke.

Salvatore hauste mutterseelenallein, seine tägliche Kost sich selber bereitend und wie ein Soldat, Kolonist oder Einsiedler für die geringen Bedürfnisse seines primitiven Haushaltes sorgend. Im Winter und Frühling hatte er in seiner Einsamkeit wenigstens Genossen: die Fischer von Fiumicino, die Hirten auf der heiligen Insel, die Kohlenbrenner von Fusano, und sämtliche Bewohner sowohl des alten wie des neuen Ostia. Allerdings beschränkte sich die Einwohnerschaft der antiken Stadt auf einen einzigen Mann, einen sogenannten Wächter der Ruinen, während das moderne Ostia, wenn es hoch kam, dreißig Köpfe zählte, zum größten Teile Knechte und Jäger, die meisten fieberkrank.

Auch an Zerstreuungen fehlte es dem Eremiten von San Michele in der bessern Jahreszeit nicht. Er konnte nach Herzenslust fischen, jagen und den Wachteln Netze stellen, wenn diese, im Mai von Afrika zurückkehrend, in dichten Schwärmen die Küste bedeckten; er konnte in den Buschwäldern von Laurentum dem Eber und dem Stachelschwein auflauern, in den Ruinen des alten Ostia Füchse fangen und in seiner eignen Behausung, außer auf Falken, Käuzchen und Fledermäuse, die ergiebigste Jagd auf Skorpione, Nattern und allerlei andres Getier halten.

Nicht minder abwechslungsvoll gestaltete sich Salvatores Leben auf seinem Wachtposten. Da war das Meer mit Segelschiffen, Dampfern und Fischerbooten, die Tibermündung, welche Schwärme von Möwen umkreisten, die heilige Insel und die ostiensische Prärie, von Herden in halber Wildheit werdender Pferde und Ochsen belebt. Oder es gab einen Sturm auf der See oder einen Waldbrand zu beobachten.

Einförmiger verlief die Führung des Haushaltes. Hatte Salvatore nichts zu braten noch zu rösten, so bereitete er sich eine Oelsuppe. Ricotto, Käse und Milch brachten ihm die Hirten, Brot und Oel holte er sich jede Woche aus Ostia, wohin ihm aus Rom monatlich sein Gehalt gesendet wurde, wie auch alles Material, dessen er für Leuchtturm und Observatorium bedurfte. Bei diesen Gelegenheiten erfuhr Salvatore die Neuigkeiten im Lande: wer vom Fieber befallen worden, und wer am Fieber gestorben war; daß die Carabinieri in die Gegend gekommen, um nach einem Banditen zu fahnden, und daß irgend jemand wieder irgend einen erschlagen hatte.

Mit der heißen Zeit kam die ungeheure Einsamkeit. Das Signal zum Beginn der Schreckensherrschaft der Malaria und des Todes im ganzen römischen Lande wurde am ersten Sonntag im Juni zu Rom gegeben. Salvatore sah es von seiner Warte aus durch die Nacht emporsteigen: ein Chaos gewaltiger Feuergarben und Flammensäulen, ein Himmel farbiger Sterne, in die Luft geschleudert, Strahlenfontänen, aufsprühend und langsam wieder niederrieselnd:

kreisende Sonnen, flammende Riesenbuchstaben, Kränze und Kronen, ein in Glanz und Glorie schwebendes Kreuz, leuchtende Zeichen und Wunder.

Kurze Zeit nach der Girandola wird das ganze Land zur ungeheuren Wüstenei; die Gebirge verschwinden hinter einer dicken, mißfarbigen Dunstschicht, Himmel und Erde scheinen in Feuer zu stehen, selbst die Wogen qualmende Gluten auszuatmen. Wer fliehen kann, flieht. Die Einwohner Ostias wandern aus, ziehen nach Ariccia oder Albano; Castel-Fusano liegt ausgestorben, ausgestorben liegen Portus und Fiumicino. Selbst die Hirten reiten des Abends viele Meilen weit den römischen Hügeln zu, um nicht auf den todbringenden Gefilden zu übernachten. Die wenigen fremden Knechte, welche zurückbleiben, werden von den Davonziehenden für verlorne Menschen gehalten.

Dann vernahm Salvatore während vieler Monate keine andern Laute, als das Rauschen des Meeres, das heisere Gekrächz der Möwen, den klagenden Schrei der Falken und das dumpfe Brüllen der Ochsen und Büffel. Aber wahrhaft grausig waren die Töne, die beim Beginn der Ernte zu dem Einsiedler herüberdrangen, wild und furchtbar, ein Geheul wie von Bestien und Wahnsinnigen: der Gesang der sabinischen und volskischen Arbeiter, die in der Nähe von Castel-Fusano Weizen schnitten. Sie sangen, sich gegenseitig überschreiend, um sich im Sonnenbrande bei Bewußtsein zu erhalten – eine Schar zum Fieber und zum Tod Verdammter.

Salvatores Natur leistete der giftbringenden Luft seines Wohnorts Jahr für Jahr Widerstand. Allerdings lieferte ihm die Regierung eine starke Quantität Chinin, das sogar ziemlich unverfälscht war, und sein Vorrat an getrockneten Eukalyptusblättern, daraus ein wirksamer Trank gegen das Fieber bereitet wird, ging nie aus. Der Beamte von Torre San Michele war stark wie ein jugendlicher Herkules, strotzend von Kraft und Lebensfülle, mit einer Mähne rötlicher Locken und langem brandroten Bart.

Er hatte sein gefährliches Wächteramt inmitten der pontinischen Sümpfe nicht freiwillig angetreten. Seine Eltern, wohlhabende römische Bürgersleute, hinterließen ihm ein kleines Vermögen, welches den jungen Mann nach römischer Anschauung berechtigte, weder einen Beruf zu erwählen, noch sonst irgend etwas zu thun.

Die Folge davon war, daß Salvatore mit andern seinesgleichen die Tage in den Cafés, auf den Plätzen und Straßen, in den Theatern und den Meerbädern verbrachte. Er war ein leidenschaftlicher Spieler und besaß ein Temperament, das ihn beständig in Liebeshändel verwickelte, sei es mit verheirateten Frauen, oder andern gefälligen Damen.

Einmal hatte er das Unglück, sich auf das heftigste in eine junge Schauspielerin zu verlieben. Die Schöne war Mitglied der berühmten Gesellschaft Belotti-Bon, die jedes Jahr im Teatro Valle einen Cyklus von Vorstellungen gab; sie nahm eine ziemlich untergeordnete Stellung ein, besaß indessen Talent. Da sie weder schön noch tugendhaft war, konnte niemand die Leidenschaft des jungen Mannes begreifen. Man hielt die Person für überaus gefährlich; sie war sinnlich und eine raffinierte Kokette.

Von einem langen Schmachten konnte bei einem Menschen von der Natur Salvatores nicht die Rede sein. Es dauerte in der That nicht lange, so befand er sich in dem schrankenlosen Besitze des üppigen Geschöpfes. Der erste Taumel war noch nicht vorüber, als er bereits anfing, sich in den Qualen einer wütenden Eifersucht zu verzehren. Er vermutete eine Untreue der leichtfertigen Schönen, drang bei ihr ein, als sie gerade einen zweiten Liebhaber empfangen hatte, und tötete diesen vor ihren Augen.

Die Sache machte Aufsehen. Der Gemordete war Offizier und der einzige Sohn eines vornehmen Geschlechts; Salvatore floh, die Schauspielerin wurde von dem spekulativen Direktor sofort als erste Liebhaberin engagiert und hatte in der »Kameliendame« einen sensationellen Erfolg.

Mehrere Jahre brachte der flüchtige Mörder, auf dessen Person ein Preis gesetzt worden, im Auslande zu; sein Vermögen wurde konfisziert, er geriet immer tiefer ins Elend, er verkam allmählich.

Trotz der ihm drohenden Gefahr kehrte Salvatore endlich in sein Vaterland zurück; er kam sogar nach Rom, wo er sich einem Freunde zu erkennen gab. Dieser versteckte ihn einige Tage bei sich, vernahm von dem Wächterposten auf Torre San Michele, der gerade wieder einmal zu besetzen war, verfiel auf den tollen Gedanken, aus dem verfolgten Mörder einen Angestellten der Regierung zu machen, that mit Einwilligung Salvatores die nötigen Schritte und erreichte es, daß sein Freund unter dem Namen Baldassare Leste aus Viterbo auf dem einsamen Leuchtturme Beamter des einigen Königreiches ward.

Salvatore blieb nichts übrig, als seinem Freunde für jenen Dienst dankbar zu sein. Mit seiner römischen Eckensteherei und dem schönen Müßiggang war es doch für alle Zeiten vorbei; überdies reizte es Salvatore, angesichts der Hauptstadt, angesichts der Regierung, die ihn suchte und verfolgte, im sicheren Amt zu sitzen. Die auf der Flucht verbrachten Jahre hatten ihn unstät und verwildert gemacht, Einsamkeit und Oede schreckten ihn nicht, die Malaria flößte ihm keine Furcht ein, seine abenteuerliche Existenz in der verrufenen Gegend hatte sogar etwas Verlockendes für ihn. Also bezog er das alte Gemäuer.

Es dauerte nicht lange, so hatte er sich in die neuen Verhältnisse vollständig eingelebt. Alles, was in seiner eigenen Natur unkultiviert, unbändig und leidenschaftlich war, wurde durch die ungeheuerlichen Zustände des Landes weiter entwickelt. Schließlich verfiel er dem Banne der Gewöhnung in einem Maße, daß ihm jeder Gedanke an Rom, an die Civilisation und an Menschen, die nicht Hirten, nicht Jäger oder Fischer waren, unerträglich wurde. Er bekam niemals eine Zeitung in die Hand, wußte von nichts, was in der Welt vorging, und hätte sich am liebsten, gleich seinen Genossen aus dem Sabinergebirge, in Ziegenfell gekleidet. Nur eins entbehrte er in seiner Einsamkeit: eine Gefährtin. Die wenigen Frauen, die in Ostia und Fiumicino lebten, waren verwilderte, häßliche Geschöpfe. Seitdem Salvatore zum zweitenmal aus Rom entwichen war, hatte er keine reizvolle jugendliche Frauengestalt vor Augen bekommen.

Zweites Kapitel

Es war in diesem Jahre kaum Frühling geworden, als bereits schon der Sommer folgte. In den Sciroccotagen verblühten die Blumen, die in einer Ueppigkeit ohnegleichen, rings um Torre San Michele, die Steppe bedeckten: brodelnder Dunst umhüllte das braune Land, ein fahles Licht schwamm auf dem Meere, welches mit langsam heranrollenden, wilden Wogen gegen die Küste schlug.

So war es seit Wochen gewesen.

Salvatore hatte schwere Zeit. Durch das anhaltende Wehen des Wüstenwindes an Leib und Seele völlig ermattet, vermochte er kaum sich aufzuraffen, um sich etwas Speise zu bereiten, vollkommen gleichgültig dagegen, was es war. Hatte er sein Amt besorgt, so lag er in seiner Turmruine halbentkleidet auf dem Bette mit geschlossenen Augen, in völliger Dumpfheit aller Sinne, und hörte wie im Traum auf das Rauschen der Wellen und das Schreien der Falken und Möwen, die einzigen Laute, die außer dem Seufzen des Windes und dem Brausen des Sturmes in seine Einsamkeit drangen. Schaute er auf, so brannte ihm der glühende Tag in die Augen, und er sah durch das offne Fenster, dessen fehlende Scheiben ölgetränktes Papier ersetzte, gleichsam ins Leere hinaus; denn Himmel, Erde und Meer umdampfte der fahle Brodem der Sciroccoluft.

Erst gegen Abend erhob er sich wieder, um das Signal zu entzünden und, wenn er sich fieberfrei und nicht allzu ermattet fühlte, einen kurzen Gang ans Meer, an die Tibermündung oder nach dem Wächterhaus im alten Ostia zu thun.

Eines Abends hatte er einen weiteren Weg vor. Es war der 23. Juni, und am nächsten Morgen verließen die Einwohner des neuen Ostia ihren verpesteten Wohnort, um für beinahe ein halbes Jahr nach dem Albanergebirge auszuwandern. Salvatore wollte den Scheidenden lebewohl sagen; wer wußte, ob er sie noch einmal wiedersah.

Wie jemand, der von einer schweren Krankheit kaum genesen ist, schlich der junge Mann den Pfad dahin, der vom Turm über die verbrannte Steppe, dem Tiberufer entlang, nach dem alten Ostia führte. Noch niemals hatte die Stätte einen solchen totenhaften und gespenstischen Eindruck auf Salvatore gemacht, wie an diesem grauen Sciroccotage. Aus den verdorrten Blumen, dem verbrannten Grase stieg die versunkene Stadt mit braunem Gemäuer empor. Der Tiber bespülte die uralten Peperinquadern mit gelber, raunender Woge, und in die Steinmassen der Ruinen hatte der Fluß sich tiefe Grotten gewühlt, welche Schilf und Röhricht, wilde Weinreben und Epheuranken in natürliche Nymphäen umwandelten. Noch ragten die Säulen von Tempeln und Basiliken, Altäre lagen umgestürzt, Statuen zertrümmert, von den Blumen der Wildnis umwuchert. Auf den Polygonen einer antiken Straße gelangte Salvatore über das ehemalige Forum zu einem Platz, wo noch gewaltige thönerne Amphoren halb im Boden steckten.

Und ringsum er der einzige Mensch! Keine andern Laute, als das Rascheln der Lacerten oder einer Schlange im dürren Grase, als das Geflüster der Tiberwellen und das dumpfe Brausen des Meeres.

Er kam nach Ostia. Vor dem bischöflichen Palaste waren die Bewohner versammelt, elende, armselige Menschen, die nichts thaten, die sämtlich zu ermattet waren, um etwas zu thun. Sie hatten den größten Teil ihres Hausrates bereits zusammengepackt und auf den Platz geschafft; einige jammerten laut über den Wegzug aus der Heimat und den weiten, mühseligen Marsch, die meisten jedoch waren ruhig, gleichgültig, vollkommen apathisch.

Salvatore trat zu den Wegziehenden, sprach einen und den andern an, nickte einem und dem andern zu, und damit war der Abschied abgemacht. Eine Frau fragte ihn, wie es ihm ginge. Er meinte, es ginge ihm nicht schlecht – das meinten alle, wenn sie gefragt wurden. Dann erkundigte er sich, wer den Sommer über in Ostia bliebe, was für ihn insofern von Wichtigkeit war, als der Zurückbleibende ihn nicht nur mit Brot, Käse, Oel und Ricotto versorgte, sondern ihm auch, wenn es nötig werden sollte, ein Grab schaufeln konnte. Die Frau, die er gefragt hatte, erwiderte: »Einer von den Sabinern bleibt hier.«

»Wer?«

»Francesco Latini.«

»Den kenne ich nicht.«

»Es ist ein Neuer.«

»Woher ist er?«

»San Polo heißt's. Er hat schon jetzt das Fieber; er will aber doch bleiben.«

»Warum will er bleiben?«

»Er bekommt fünfzig Scudi für den Sommer und hat in seinem Ort eine Verlobte: wenn er es aushält, kann er zum Winter heiraten. Er hat auch seine Schwester mitgebracht.«

»Was soll die hier?«

»Was weiß ich? Auch das Fieber bekommen! Sie meint aber, die schlechte Luft thäte ihr nichts. Wenn wir ihr sagen: Geh' doch wieder zurück, warum willst du hier sterben? – denn sie ist noch blutjung – so lacht sie, und der Bruder ist ein solcher Tropf, daß er sich vor dem Fieber nicht fürchtet, und er hat es doch schon. Wenn Ihr mit dem Francesco reden wollt, die beiden wohnen bei der Kirche. Ihr wißt schon.«

»Ich weiß. Addio, Giudetta!«

»Addio, Sor Baldassare. Laßt es Euch gut gehen.«

Er schlenderte, um den Sabiner aufzusuchen, der geschlossenen Kirche zu, die an den bischöflichen Palast stößt. Hier lagen einige ruinenhafte, ausgestorbene Gebäude mit zerbrochenen Fensterscheiben, aus üppigem Pflanzenwuchs aufsteigend, der auch die Treppen und die Höfe im Innern des Hauses bedeckte. Die Rede der Frau hallte in ihm nach. Sie ist noch blutjung, und sie lacht, wenn man sie fragt, warum sie hier sterben will. Wie gesund sie sich fühlen muß, voller Jugend und Lebensdrang. Dabei ist sie lustig. Sie lacht, wenn man von Krankheit und Tod spricht. Salvatore vermochte nicht, sich eine Vorstellung davon zu machen, wie in dieser Wildnis ein Geschöpf leben konnte, das sorglos und heiter war und es immer zu bleiben dachte. Da hörte er sie singen.

Denn das konnte nur die Sabinerin sein. Von den Ostienserinnen sang keine; wer in Ostia lebte, dem starb der Gesang. Es war ein Ritornell, darauf die Sängerin keine Antwort erhielt: sie schien auch keine Erwiderung ihrer Liebesklage zu erwarten, wenigstens begann sie sogleich eine neue Strophe. Salvatore stand und lauschte auf die gellenden, schwermütigen Töne, die aus einem der Häuser durch die schwüle Stille des Sommerabends klangen. Es war kein Wohllaut in dem Gesang; aber niemand, der das Volk kennt, erwartet aus dem Munde dieses Volkes Wohllaut zu hören.

Nun ging Salvatore weiter, von den Tönen in einen verwilderten Hof geführt. Hier stand die Sängerin. Gegen eine Mauer gelehnt, spann sie und schrie ihre Verse ab. Ihrer Gestalt nach war sie noch ein halbes Kind, groß, schlank und zart. Das schmale, braune Gesicht, darin Salvatore ein Paar schwarzer Augen und granatroter Lippen funkeln sah, wurde von dem Schleiertuch überschattet. Sie trug die gewöhnliche Tracht der Sabinerinnen: ein dunkles enges Unterkleid, über das ein Stück hochroten Tuches gelegt war, eine bunte gestickte Schürze und den steifen amarantfarbenen Busto. An den Ohren blitzten lange Goldgehänge, und den zierlichen Hals umschloß eine Korallenschnur. Mit der kleinen, wie Bronze leuchtenden Hand zog sie emsig den Faden, gerade vor sich hinschauend. Sie stand neben einem antiken Sarkophag, darin ein über und über mit Blüten bedeckter Oleander wuchs und auf dem in Hochrelief eine Scene aus der Endymionsage dargestellt war.

Jetzt erblickte sie den Fremden. Sie verstummte, fuhr indessen fort ihren Faden zu drehen.

Salvatore trat näher.

»Du bist doch das Mädchen von San Polo, das mit seinem Bruder den Sommer über in Ostia bleiben will?«

»Mein Bruder ist Francesco Latini von San Polo. Er ist in der Kammer, ich will ihn rufen.«

Salvatore hielt sie zurück.

»Du kannst deinem Bruder ausrichten, was ich ihm zu sagen habe. Aber wie heißest du?«

»Marcantonia.«

Sie war stehen geblieben und blickte ihn an. Salvatore dachte: Sie ist wirklich noch blutjung; ich wollte, sie lachte einmal.

»Höre, Marcantonia. Du mußt nämlich wissen, daß ich auch den Sommer über hier bleibe.«

»In Ostia? Dann seid Ihr wohl der neue Ministro? Fürchtet Ihr Euch auch vor dem Fieber?«

»So wenig wie du.«

Sie lächelte, wobei sie ihre blinkenden Zähne zeigte. »Haben sie es Euch schon gesagt? Warum soll ich mich fürchten? Ich war in meinem ganzen Leben noch nie krank. Die Madonna wird mich wohl behüten.« Und ihm näher tretend, fuhr sie mit unterdrückter Stimme fort: »Wenn Ihr der neue Ministro seid – mein Bruder ist nicht so stark wie ich, laßt mich einen Teil seiner Arbeit thun. Darum bin ich mitgekommen.«

Sie sah ihn bittend an.

»Ich bin nicht der neue Ministro.«

»Wer seid Ihr denn?«

»Ich wohne da draußen am Meer, wo der hohe Turm ist. Dein Bruder soll mir jede Woche Brot bringen und was ich sonst brauche. Ich will ihn gut bezahlen. Auch du, Marcantonia, könntest dich meiner annehmen und dich um meine Wäsche kümmern; denn ich bin ganz allein und fürchte mich vor der Einsamkeit, wie sich die andern vor der Malaria fürchten. Da wir die einzigen Menschen hier sind, wollen wir gute Nachbarschaft halten. Was meinst du dazu?«

»Ich will mit meinem Bruder reden. Habt Ihr kein Weib?«

»Nein.«

»Wer kocht und wäscht denn für Euch?«

»Das eine thue ich selbst, das andre besorgte mir bis jetzt eine Frau aus Fiumicino; wenn du aber – –«

Er brach ab. Francesco Latini hatte seine Schwester reden hören und kam heraus; es war ein hübscher Bursche, der allerdings nicht einer der stärksten zu sein schien. Dich bekommt das Fieber bald, dachte Salvatore. Dann begrüßte er den Gefährten in der Wildnis und brachte auch bei ihm sein Anliegen vor. Francesco zeigte sich sogleich bereit; nur was seine Schwester betraf, war er ungefällig, so daß Salvatore das Gespräch abbrach. Aber er mußte wiederum denken: Nicht lange, und das Fieber hat dich, und dann – werden wir sehen.

Drittes Kapitel

Wie das alte Ostia war jetzt auch das neue Ostia eine tote Stadt, In den verlassenen Häusern und den verödeten Gassen hatte sich die Malaria niedergelassen – ein hohläugiges, gespenstisches Weib, dessen Atem Gift war und dessen Nähe Pest erzeugte. Fort waren die fremden Schnitter, nachdem ein Teil von ihnen unter der Sichel des großen Sensenmannes gefallen war; fort waren die fremden Kohlenbrenner, die in den Wäldern an den Küsten ihre Meiler errichtet hatten; auch aus Portus war geflohen, wer konnte, und wer zurückbleiben mußte, verließ des Abends den Ort und schleppte sich bis zu den ersten römischen Hügeln, auf denen die Leute an lodernden Feuern übernachteten, zufrieden, daß der Fieberhauch der Campagna einige Fuß unter ihnen dahinzog.

Im alten Ostia war der Wächter gestorben, die wunderbare Trümmerwelt lag unbehütet in der Wildnis. Zwischen den Bewohnern von Torre San Michele und den nächsten Lebendigen befand sich auf der einen Seite die wüste Steppe, auf der andern die versandete Tiberinsel, die des Sommers kaum zu überschreiten war; Apollon, welchem einst das Eiland geweiht gewesen, traf dort die Menschen mit glühenden Strahlenpfeilen aufs Haupt, daß sie tot niederstürzten, Opfer des unerbittlichen Sonnengottes.

Salvatore harrte aus. War der Tag überstanden, so geschah es bisweilen, daß er von seiner Warte aus bis zum Einbruch der Nacht hinübersah, wo, zwischen den Hügeln versunken, Rom lag. Der einsame Mann versuchte alsdann sich vorzustellen, daß in einer Entfernung von wenigen Meilen sich eine Weltstadt befand, viele Tausende von Menschen miteinander lebend, miteinander sich freuend. Er glaubte den Lärm der großen Stadt zu vernehmen, die Menge auf den Straßen sich drängen, die Cafés und Theater füllen zu sehen; auf der taghell erleuchteten Piazza Colonna zu den Klängen der Musik Eis essend und Sorbeto schlürfend: er hörte sie plaudern, scherzen, lachen – – dann geschah es wohl, daß er nicht begriff, wie er es noch immer ertragen konnte; daß er sich für toll hielt, nicht längst diesem lebendigen Tode entronnen zu sein; daß er sich vornahm, entweder ein drittes Mal zu fliehen, oder sich selbst den Gerichten auszuliefern.

Indessen diese Stimmungen vergingen, und er blieb, hielt aus. Von Zeit zu Zeit kam der Sabiner mit Lebensmitteln. Salvatore beobachtete, wie das Fieber mehr und mehr den jungen Menschen ergriff, wie seine Augen glühten, wie seine Lippen farbloser, sein Gesicht bleicher, sein Gang schleichender wurden. Und er ertappte sich auf dem Gedanken, daß er berechnete, wie lange es noch dauern könnte, bis auch dieser dem allgemeinen Schicksal von Ostias Bewohnern zum Opfer gefallen war. Was wurde aus dem Mädchen, wenn der Bruder tot war?

Vielleicht kehrte sie nach Hause zurück, oder sie lief zu den Hirten nach Portus, oder die Mönche von Crocetta nahmen sich ihrer an, oder – – er stellte sie sich vor: blutjung, so gesund, so lebensfrisch, mit solchen leuchtenden Augen, solchen roten, frischen Lippen. Sie sang und lachte. Inmitten der schrecklichen Einsamkeit und der Kirchhofsruhe tönten ihre Lieder, schallte ihr Lachen. Salvatore malte sich aus, wie es sein müßte, wenn diese kräftige, trotzige, junge Stimme in seinen öden Mauern widerhallte. Eine solche Stimme mußte das Gespenst der Einsamkeit bannen, mit dem zu leben er verdammt war.

Um ihre Stimme zu hören, ging Salvatore fast jeden Abend nach Ostia hinüber, wo man ihn nicht unfreundlich, aber gleichgültig empfing. Der Fieberluft wegen konnten sie nicht im Freien sein, sondern mußten im Hause sitzen, wo es zum Ersticken heiß war. Die qualmende Oellampe warf ein grelles Streiflicht auf die schwarzen Mauern: Marcantonia kauerte neben dem Herde und spann; Francesco lag, von Fieberschauern geschüttelt, auf dem Boden, und Salvatore saß gegenüber auf einer Bank und blickte unverwandt die junge Sabinerin an. Um ihre Stimme zu hören und zwischen ihren vollen Lippen die Zähne durchschimmern zu sehen, versuchte Salvatore sie zum Reden zu bringen, was ihm bisweilen gelang. Sie erzählte dann von ihrem Heimatsorte »da droben« im Sabinergebirge.

»Gute Luft ist bei uns und eine Quelle haben wir, kalt wie Eis. Und im Winter fällt Schnee. Dann frieren wir, und die Wölfe kommen. Wir fürchten uns aber nicht, denn wir haben Büchsen, und auch die Frauen und Mädchen bei uns können schießen. Oft machen wir Jagd auf die Wölfe. Für jedes Wolfsfell bekommen wir in

Tivoli zehn Scudi; das ist viel Geld. Noch vor der Regenzeit ziehen die meisten Männer davon, ins Römische hinunter. Lange Monate sind dann die Frauen und Kinder allein; sie sammeln im Buschwald Holz für den Winter, spinnen, warten auf die Männer, beten für sie – wegen der schlechten Luft und des Fiebers – die Armen!«

Sie schwieg und beugte sich zu ihrem Bruder herab, der kein Zeichen von Teilnahme gab. Nach einer Weile fuhr sie mit gedämpfter Stimme fort, immerwährend ihren Bruder anblickend und wie zu diesem redend: »Dann leisten wir der Madonna ein Gelöbnis, damit sie unsere Männer gesund wiederkommen läßt, und dann hilft die Madonna.

»Das war eine gute Zeit, als nach dem Tode unserer Eltern mein Bruder die Herden zu hüten bekam. Weil ich ganz allein war, nahm er mich mit. Wir bauten uns eine Hütte aus Ginster, kletterten mit unserm Umberto den Schafen und Ziegen nach, aßen Ricotto und sangen den ganzen Tag Ritornelli und Rispetti. Mein Bruder lehrte mich die Flöte blasen. Er selbst spielte den Dudelsack. Da spielten wir der Madonna und dem süßen Jesusknaben jeden Morgen und jeden Abend die lustigsten Stücklein vor, damit die lieben Himmlischen doch auch eine Freude hätten. So sind wir zwei immer beisammen gewesen. Später mußte Francesco mehr verdienen, und so zog er ins Römische hinunter, und weil ich ihn bat, hat er mich mitgenommen. Nicht wahr, mein Francesco, es geht uns beiden hier ganz gut; zum Winter kehren wir wieder heim und hören die Wölfe heulen und frieren.« Sie lachte auf; aber ihre Augen hatten dabei einen Ausdruck, der Salvatore unheimlich war. Er erhob sich und sagte gute Nacht. Marcantonia stand gleichfalls auf, nahm die Lampe und leuchtete ihm hinaus. Von einer Regung des Mitleids ergriffen, flüsterte Salvatore dem Mädchen zu: »Es steht nicht gut um deinen Bruder, ich werde morgen Chinin mitbringen.«

Sie lehnte ab.

»Behaltet Euer Chinin. Ich habe der Madonna ein heißes Gelübde gethan und ihr zwei große Kerzen geopfert, sie wird meinem Bruder sicherlich helfen.«

Salvatore zuckte die Achseln.

»Wie du willst. Gute Nacht!«

»Gute Nacht!«

Er blieb aber stehen. »Wenn du ein andermal für deinen Bruder Chinin willst, so komm zu mir.«

»Ich brauche kein Chinin.«

Er ging.

Wie sie will, dachte er; diesem abergläubischen Volke ist nicht zu helfen. Uebrigens würde den Burschen auch Chinin nicht mehr retten.

Als Salvatore das nächste Mal nach Ostia ging, hörte er hinter sich den Galopp eines Pferdes. Er erkannte Marcantonia auf dem Pferde ihres Bruders. Sie saß wie ein Mann im Sattel, ritt ohne Bügel und trieb den kleinen, schlanken Renner unter gellendem Zuruf mit dem Ende eines Strickes an. Während Salvatore auf sie wartete, hatte er Muße, die kecke Reiterin zu betrachten; der rote Rock schmiegte sich eng um die junge Gestalt, unter dem weißen Schleiertuche leuchtete das braune Gesicht hervor. Mit einer fast wilden Bewegung warf sie den Kopf in den Nacken und hob winkend den Arm.

Bei Salvatore angelangt, hielt sie ihr Pferd an.

»Ich habe nach den Herden gesehen und sie in den Buschwald getrieben. Es war lustig.«

»Ist dein Bruder kränker geworden?«

»Er fühlt sich schwach, der Arme. Sobald es ihm besser geht, will ich eine Wallfahrt zur *Madonna del divino amore* thun. Wolltet Ihr zu uns?«

»Ja, um dich zu fragen, ob ich dir in irgend etwas helfen könnte; denn wir müssen doch gute Kameradschaft halten.«

»Freilich.«

»Wenn dein Bruder sich heute so schwach fühlt, komme ich lieber ein andermal.«

»Wie Ihr wollt,« meinte sie gleichmütig, zu seinem stillen Aerger.

Sie trennten sich.

In der Nacht wurde Salvatore von den gellenden Rufen einer Frauenstimme geweckt. Er ahnte sogleich, was vorgefallen war, sprang in die Höhe, riß das Fenster auf und rief hinunter: »Was ist geschehen, Marcantonia?«

»Kommt! Mein Bruder stirbt. Helft ihm! Kommt! Kommt!«

Wenige Augenblicke später befand er sich bei ihr, die sich wie eine Wahnsinnige gebärdete. Salvatore hob sie wieder aufs Pferd, schwang sich hinter ihr auf, ergriff die Zügel und wollte den Weg nach Ostia einschlagen. Marcantonia aber rief: »Nach Crocetta zu den Mönchen! Ich weiß den Weg nicht, deshalb kam ich zu Euch. Er darf nicht sterben ohne einen Priester. Helft ihm, helft seiner Seele!«

Sie umklammerte ihn in ihrer Verzweiflung. Salvatore fühlte ihren jungen, lebenswarmen Leib gegen den seinen gepreßt, er fühlte ihren Atem an seiner Wange und ihm ward zu Mute, als ob Flammen von ihr zu ihm überströmten. Marcantonia hörte nicht auf zu jammern und zu schluchzen, bis sie das Kloster erreichten. Dasselbe lag in einer sumpfigen Niederung, als wäre es ein Heiligtum, errichtet für den Genius des Ortes, die Malaria. Die öden Mauern stiegen beim Licht der Sterne totenfarben aus dem giftigen Boden empor; das Grabesschweigen wurde nicht einmal von den Klagerufen des Kauzes unterbrochen.

Salvatore sprang vom Pferde, pochte und lärmte, bis er die drei einzigen Bewohner des furchtbaren Ortes wachgeschrieen hatte. Zuerst glaubten die Mönche, ein verfolgter Bandit suche in ihrem Heiligtum Schutz, und zauderten zu öffnen: dann meinten sie, es handle sich um einen Ermordeten, und begannen zu schelten, daß man sie deshalb geweckt hatte; was sie dabei thun sollten? Als sie endlich begriffen, daß ein Priester für einen Sterbenden verlangt wurde, erhoben sie selbander ein großes Lamento.

Atemlos horchte Marcantonia auf die Verhandlungen: sie glitt aus dem Sattel, lief zur Thür und stieß gellende Klagelaute aus, die schrill durch die Stille der Nacht drangen. Erst nachdem Salvatore dem Priester eine reichliche Spende versprochen, erklärte sich dieser zum Mitkommen bereit. Auf Marcantonias flehentliche Bitten ließ man sie in die Kirche ein; hier warf sie sich, während der Mönch die Heiligtümer hervorholte, vor dem Altar nieder und schrie die Madonna an: sie sollte daran denken, was für schöne

Musik sie und der Bruder ihr gemacht hatten; sie sollte daran denken, daß sie ihr um ihres Bruders willen ein Gelübde gethan, daß sie ihr zwei geweihte Kerzen geopfert und eine Wallfahrt zur *Madonna del divino amore* gelobt hatte. An alles das sollte die Madonna denken und ihren Bruder am Leben lassen.

Endlich war der Priester bereit. Auf Marcantonias leidenschaftliches Drängen setzte der Mönch sich auf das Pferd, welches Marcantonia, mit wildem Geschrei hinterherlaufend, antrieb. Salvatore blieb weit zurück. Er befand sich in einer Aufregung, wie er sie seit Jahren nicht gefühlt hatte; war der Bruder tot, blieb das Mädchen schutzlos allein zurück.

Der Morgen graute, als er in Ostia ankam. Er fand Francesco tot und Marcantonia in halber Raserei neben seiner Leiche, denn ihr Bruder war gestorben, ohne für die Ewigkeit versorgt worden zu sein. Salvatore bat den Mönch, ihm zu helfen, den Toten zu begraben, und noch denselben Morgen schaufelten die beiden Männer auf dem wüsten Felde, welches den Kirchhof von Ostia vorstellte, ein Grab, hüllten den Leichnam in ein Laken und legten ihn in die niedrige Grube, die sie sogleich zuwarfen und über welcher der Priester ein kurzes Gebet sprach. Dann fragte er Salvatore: »Was wird aus dem Mädchen?«

Salvatore zuckte die Achseln.

Viertes Kapitel.

Marcantonia verrichtete den Dienst ihres Bruders, dessen Tod sie nicht nach Rom melden konnte, da es ihr an einem Boten fehlte. Täglich sah sie nach den Herden, täglich mußte sie die Steppe zwischen dem Tiber und dem Walde von Castel-Fusano durchreiten. Die Tiere kannten sie bereits und folgten ihrem gellenden Rufe. Wenn der kleine schwarze Renner des armen Francesco mit der bunten schlanken Gestalt angetrabt kam, streckten die Ochsen ihre silbergrauen, mächtig gehörnten Häupter der Reiterin entgegen, und die Pferde, welche in halber Wildheit auf der Prärie lebten, sprangen in hellen Haufen heran, schnaubend und wiehernd die junge Hirtin umdrängend.

Trotz dieser mühseligen Ritte, auf denen sie ihres Bruders Büchse mit sich führte, und obgleich sie nichts andres als Brot und Oel genoß, blieb sie vollkommen gesund. Doch geschah es häufig, daß sie plötzlich von einer schweren Müdigkeit überwältigt wurde. Sie stieg vom Pferde ab, warf sich in den spärlichen Schatten eines wilden Oelstrauches oder einer Steineiche nieder und schlief sogleich ein, durchaus gleichgültig gegen die Gefahr, im Schlaf den Keim des Fiebers einzuatmen. Sie befand sich überhaupt in einem Zustand gänzlicher Apathie, in den sie weniger ihres Bruders Tod versetzte, als vielmehr der Umstand, daß die Madonna, der sie für sein Leben ein Gelöbnis gethan, ihn dennoch hatte sterben lassen; nicht einmal daß sie ihm die Frist gegönnt, mit den heiligen Sakramenten versehen zu werden. In dumpfem Glauben dahinlebend, hatte sie sich fest auf die Wirkung ihres Gelübdes, auf die Hilfe der Gottesmutter verlassen. Nun war der Sabinerin zu Mute, als hatte der Himmel an ihrem Bruder einen Mord, an ihr selbst ein Verbrechen begangen. In dem grenzenlosen, unbedingten Vertrauen zu der Madonna hatte sich das ganze Seelenleben dieses Geschöpfes der sabinischen Felsenöde konzentriert; nun sah sie sich von der Gottesmutter im Stich gelassen und wußte plötzlich weder aus noch ein in der Welt.

Die ersten Tage nach dem Tode Francescos ließ der Nachbar von Torre San Michele sich nicht in Ostia blicken: aber von Crocetta kam einer der Mönche, um nach der Einsamen zu sehen. Er fand das

Mädchen vor der Thür kauernd und abwesenden Geistes vor sich hinstarrend; kaum daß sie den Bruder grüßte, der ihr doch noch vor kurzem als ein halber Heiliger erschienen war. Er redete sie an: »Heh, Marcantonia, wie geht dir's?«

»Nicht schlecht.«

»Bist du noch immer hier?«

»Freilich bin ich noch immer hier.«

»Wenn du nun auch das Fieber bekämest?«

»Ich bekomme das Fieber nicht.«

»Jeder von uns bekommt es,« sagte der Mönch, dem die Krankheit aus den Augen glühte, mit vollem Gleichmut.

Eine Pause entstand. Der erschöpfte Mönch setzte sich neben das Mädchen; er war sehr hungrig.

»Kannst du mir etwas zu essen geben?«

»Brot und Oel.«

»Eine Frittata könntest du mir wohl nicht backen?«

»Ich habe nur Brot und Oel.«

Der Mönch unterdrückte einen Seufzer.

»So bringe mir davon. Sor Baldassare hat unserm Kloster eine Spende versprochen. Erinnere ihn doch daran.«

»Wie viel wollt Ihr?«

Sie stand auf, um aus dem Hause Brot und Oel zu holen.

»Sor Baldassare wird gewiß daran denken,« sagte hastig der Mönch, der mehr zu bekommen hoffte, als die Sabinerin ihm zu geben vermocht hätte. Aber Marcantonia wollte für ihren Bruder selbst bezahlen.

»Ist ein Scudo genug?«

»Ein Scudo ist wenig.«

Marcantonia entschied: »Mehr als einen Scudo bekommt Ihr nicht. Es ist Geld genug dafür, daß die Seele meines Bruders im Fegfeuer brennen muß.«

Der Mönch versuchte zu steigern.

»Auch zwei Scudi wären noch wenig. Bedenke, daß es für die Madonna bestimmt ist; die Madonna wird' für deinen Bruder bitten. Gib uns zwei Scudi.«

Ohne den Bruder einer Antwort zu würdigen, ging Marcantonia ins Haus und kehrte bald mit dem Essen und dem Gelde zurück: fünf Lire in lauter einzelnen Soldi. Sorgfältig zählte der Mönch das Geld nach, entdeckte eine ungültige Münze, lamentierte über die Schlechtigkeit der Welt, und daß diese immer nur darauf bedacht sei, die Kirche um das Ihre zu bringen, band das Kupfergeld in sein Taschentuch und machte sich mit Gier über das Essen her. Er riß das Brot in kleine Stücke, begoß jeden Brocken reichlich mit Oel, murrend, daß es keine Frittata sei.

Nachdem er seinen Hunger gestillt hatte, setzte er das Gespräch mit dem Mädchen fort: »Höre du, betest du auch fleißig für die Seele deines Bruders?« Sie hatte sich wieder niedergekauert, stierte teilnahmslos vor sich hin und murmelte: »Was soll das helfen?«

»Was dein Gebet deinem Bruder helfen soll?«

»Ich möcht's wissen.«

»Du bist ja eine wahre Gotteslästerin! Du solltest der Madonna ein paar große Kerzen und ein Schleiertuch geloben.« »Fällt mir nicht ein.«

Der Mönch unterließ vor Entsetzen, einen besonders fetten Bissen, davon das Oel auf seine Kutte tropfte, in den Mund zu stecken. Mit allem Gleichmut erklärte ihm die Sabinerin, warum ihr nicht einfiele, etwas an die Madonna zu wenden: »Sie gibt mir ja doch nichts dafür.«

Der Mönch schien zu überlegen, auf welche Art dieser sündhaften Ansicht am kräftigsten beizukommen sei, meinte indessen mit mehr Toleranz, als sich rechtfertigen ließ: »Die Madonna gibt dir gewiß etwas dafür. Bedenke doch, wem alles sie zu geben hat; da kann es schon vorkommen, daß sie den einen oder den andern vergißt. Auch solltest du für deinen Bruder eine Messe lesen lassen. Wir wollen es wohlfeil machen: für zwölf Paoli.«

Aber Marcantonia wollte nicht.

»Also für acht Paoli.«

Aber Marcantonia wollte auch nicht für acht Paoli, Der Mönch war allen Ernstes erzürnt: »Du bist ja eine wahre Heidin und Lutheranerin. Hast du dir wenigstens die Todesstunde deines Bruders gemerkt?«

»Warum?« »Wegen des Lotto.«

»Hier kann ich mir ja doch keinen Zettel schreiben lassen.«

»Aber später, wenn du wieder zu Hause bist. Dein Bruder ist in der siebenten Stunde gestorben. Wenn du dazu noch ›Fegefeuer‹ und ›Fieber‹ nimmst, gewinnst du sicherlich eine Terne.« In ihre Gestalt kam Leben.

»Wenn ich wieder in San Polo bin, will ich mir die drei Nummern aufschreiben lassen.«

Der Mönch erhob sich.

»Also ich soll für die Seele deines Bruders im Fegfeuer keine Messe lesen?«

»Es hilft ihm doch nichts.«

»Vielleicht besinnst du dich. Höre!«

»Heh?«

»Weißt du, daß Sor Baldassare in dich verliebt ist?«

»Was geht's mich an?«

»Nimm dich in acht.«

»Ja. ja.«

»Komm doch einmal zu uns beichten.«

»Ich komme schon einmal.«

»Lebe wohl und sei gesegnet.«

»Lebt wohl.«

Der Mönch entfernte sich, Marcantonia blieb sitzen. Zuerst dachte sie an den Scudo, welchen sie ihm hatte geben müssen, ohne daß es ihrem Bruder nützen würde; dann fiel ihr Sor Baldassare ein und daß er in sie verliebt sein sollte, was sie mit einem dumpfen Staunen erfüllte. Es war noch niemand in sie verliebt gewesen, es war ihr noch niemals eingefallen, jemand könnte sich in sie verlieben. Auch war sie noch so jung, noch keine sechzehn Jahre! Wenn Sor Baldassare in sie verliebt war, wollte er sie also heiraten: denn zu diesem Zwecke verliebte sich ein Mann in ein Mädchen, das heißt: er kam eine Zeitlang jeden Abend zu der Schönen und redete darauf mit den Eltern, und dann bekam er das Mädchen, oder er bekam es nicht. Waren die Eltern der Erwählten tot, so sprach der Freier mit dem Bruder; war auch der Bruder tot – doch für diesen Fall wußte Marcantonia kein Beispiel, so sehr sie auch darüber nachsann. Was that der Freier, wenn der Bruder des Mädchens tot war? Was das Heiraten anbetraf, so wußte Marcantonia Bescheid: wenn der Mann, welcher das Mädchen zur Frau haben wollte, den Eltern oder dem Bruder recht war, so war er auch dem Mädchen recht. Dann gingen die beiden eines schönen Tages zum Priester in die Kirche und wurden Mann und Frau; sie wohnten zusammen in einer Hütte, die Frau kochte für den Mann, wusch für den Mann, trug Lasten für den Mann, ließ sich von dem Manne schlagen und gebar ihm Kinder.

Anders wußte Marcantonia es nicht. Aber sie hatte keine Eltern mehr; auch ihr Bruder war gestorben, und es gab einen Mann, der in sie verliebt sein sollte, der sie also zur Frau haben wollte, damit sie bei ihm wohnte, für ihn kochte, wusch und sonst alles that. Daß der Mann sie hätte lieben sollen und sie ihn, davon wußte sie nichts. Und sie fuhr fort, darüber zu grübeln, mit wem Sor Baldassare wohl reden könnte, da doch ihre Eltern und ihr Bruder tot waren. Der Fall erschien ihr schwierig.

Am nächsten Abend kam Salvatore. Er brachte ihr ein Fiascho Wein, einen frischen Oelkuchen und ein Paar großer Sumpfvögel mit, die sie zum Abendbrot kochen sollte. Da sie nicht wußte, wie das Geflügel zuzubereiten – hatte sie doch niemals Fleisch gegessen – so gab er ihr alles an, wobei sie sich ziemlich geschickt benahm. Doch wollte sie weder von dem Gerichte essen, noch von dem Weine trinken; sie hatte auch noch niemals in ihrem Leben Wein getrunken. Während Salvatore es sich schmecken ließ, saß sie ihm gegenüber, kaute ihren Oelkuchen und starrte ihn an. Endlich fragte ihr Nachbar, was sie nun anzufangen gedachte.

»Du kannst doch hier nicht bleiben. Weißt du, was du thun solltest? Du solltest mit mir kommen. Das wäre doch prächtig! Was meinst du?«

Sie meinte gar nichts! sie aß ihren Oelkuchen und schien für nichts andres Empfindung zu haben.

»Heh, Marcantonia!«

Sie schaute erwartungsvoll auf. »Ich fragte dich, ob du mit mir kommen willst. Wir sind beide allein, und – – und dann mußt du wissen, daß ich dir gut bin.«

Nun hörte sie auf zu kauen; nach einer Weile sagte sie in klagendem Tone: »Meine Eltern und mein Bruder sind tot. Ich weiß auch nicht, mit wem Ihr reden sollt.«

»Mit wem ich reden soll? Worüber denn?«

»Darüber, daß Ihr mich heiraten wollt.«

Die Sabinerin sagte dies in aller Einfalt, mit heiligem Ernst, ohne eine Miene zu verziehen, den Verliebten aus ihren mächtigen schwarzen Augen ruhig anblickend. Salvatore verlor für einen Augenblick die Fassung, dann lachte er laut auf.

»Daß ich dich heiraten will – – du meinst also, daß ich dich heiraten will und nur nicht wüßte, mit wem ich die Sache bereden sollte?«

»Meine Eltern und mein Bruder sind tot.«

Salvatore ward still und betrachtete das braune junge Geschöpf der Felsenberge voll Erstaunen. Seine Augen blieben an ihren Lippen hängen. Plötzlich wurde er bleich, zwang sich zu einem neuen Ausbruch von Lustigkeit und rief: »Vielleicht rede ich mit dir selber; einstweilen könntest du mir auf unsere zukünftige Brautschaft hin einen Kuß geben.«

Und er wollte sie heftig an sich ziehen.

Sie aber fuhr in die Höhe, stieß ihn von sich und sah ihn feindselig an. Da nahm sie gleichmütig wiederum am Herde Platz und begann zu spinnen, ohne sich weiter um ihn zu kümmern. Nach einer Weile ging der Abgewiesene in hellem Zorn davon.

Am andern Abend erschien Salvatore wieder, forderte sie nochmals auf, zu ihm zu kommen, erhielt kurzen, abschlägigen Bescheid, lief wütend fort, kam ein drittes Mal und machte ihr die leidenschaftlichsten Erklärungen, die sie gar nicht verstand. Bei seinem nächsten Besuche fand er das Haus verschlossen. Er pochte und rief, drohte und bat, gab der spröden Schönen die glühendsten Versicherungen, die heiligsten Versprechungen. Aber im Hause blieb alles dunkel und still.

Nun ließ er einige Tage nichts von sich hören. Eines Nachts wurde Marcantonia, die den Schlaf einer Katze hatte, durch ein leises Geräusch am Fenster geweckt. Sie stand auf, nahm die geladene Büchse, die an der Wand lehnte, schlich zum Fenster, drückte aufs Geratewohl ab und vernahm einen Aufschrei. Gleichmütig machte sie Licht, schloß die Thür auf und ging hinaus. Draußen fand sie Salvatore gegen die Mauer gesunken. Als sie ihm ins Gesicht leuchtete, blickte er sie stumm an, aber gar nicht wie mit Haß.

»Komm herein, damit ich sehe, wo ich dich getroffen habe, und deine Wunde verbinde.«

Sie ging voraus und er folgte ihr schwankend; fast daß er am Herde niedergefallen wäre. Der Schuß war in die linke Schulter gegangen, die Wunde blutete stark und er litt große Schmerzen. Behutsam half Marcantonia ihm aus seinem Rock, schnitt das Hemd auf, wusch die Wunde, zerriß ihr Schleiertuch und legte ihm einen Verband um, alles mit größter Sorgsamkeit, ohne ein Wort zu sagen. Auch er blieb stumm, durch keinen Laut verratend, daß er Schmerzen ausstand. Darauf brachte sie ihm von dem Wein, den er ihr geschenkt hatte, und ließ ihn trinken.

»Jetzt mußt du dich niederlegen; denn dein Arm wird bald anschwellen, weil die Kugel noch in der Wunde steckt. Ich kenne das und weiß auch, was zu thun ist.«

Salvatore wollte mit Gewalt nach Hause; doch die Schmerzen wurden plötzlich so stark, daß ihn ein Schwindel befiel und er zu Boden gestürzt wäre, hätte Marcantonia ihn nicht umfaßt und aufrecht gehalten. Sie leitete ihn zu ihrem Lager, auf das er in halber Bewußtlosigkeit niedersank. Nachdem sie seinen Kopf in eine bequeme Lage gebracht und ihm ihren besten Rock untergeschoben hatte, machte sie von dem Reste ihres Schleiertuches eine Kompresse und kauerte sich neben dem Kranken nieder, die Nacht hindurch nasse Umschläge auf die Wunde legend. Gegen Morgen begann Salvatore heftig zu fiebern und in Phantasieen zu verfallen. Marcantonia verdoppelte ihre Sorgfalt, blieb im übrigen aber ziemlich teilnahmslos, bis der Verwundete mit wilder Zärtlichkeit ihren Namen rief; da fuhr sie zusammen, begann zu zittern und wendete kein Auge von ihm.

Bereits war es heller Tag, als er stiller wurde und bald in schweren Schlummer sank. Leise erhob sich Marcantonia, schlich zur Thür hinaus, die sie hinter sich abschloß. Sie lief auf die Weide, lockte ihr Pferd und ritt nach Crocetta. Es dauerte wohl eine halbe Stunde, ehe man ihr öffnete.

»Der Frate soll sogleich zu Sor Baldassare kommen.«

»Was ist's mit dem? Hat er das Fieber?«

»Er ist verwundet.«

»Von wem?«

»Ich habe auf ihn geschossen.«

»Du?«

»Nun ja, kommt nur! Die Kugel steckt noch in der Wunden ich kann sie nicht herausziehen. Macht schnell! Ich geb' Euch einen halben Scudo, wenn Ihr schnell macht.«

Man war in Crocetta auf solche Fälle vorbereitet. Der Frate kam, schwang sich aufs Pferd, Marcantonia lief nebenher.

»Warum schießest du denn auf die Menschen, wenn du sie nachher pflegen willst? He, du! Weshalb hast du auf den Sor Baldassare geschossen'?«

Aber das wollte sie nicht sagen; so heftig der Priester auch in sie drang, so eindringlich er auch forschte und mahnte, sie blieb stumm.

Salvatore war noch immer ohne Bewußtsein. Erst unter der äußerst schmerzhaften Operation des Bruders erwachte er; seine ersten Worte waren: »Sobald ich wieder besser bin, komme ich mit Marcantonia zu Euch nach Crocetta. Ihr müßt nämlich wissen, daß ich die Marcantonia heiraten will.«

Fünftes Kapitel-

Bald darauf sollte in Torre San Michele ein junges Ehepaar hausen. Salvatores Wunde war noch nicht völlig geheilt, als Marcantonia schon ihr Sonntagskleid anlegen und für den hochzeitlichen Ritt ihren Renner einfangen mußte. Nicht ohne Mühe stieg der Bräutigam auf, während die Braut darauf bestand, den weiten Weg bis zur Kirche zu Fuße zurückzulegen; kein Bitten und Schelten ihres Liebsten konnte sie bewegen, zu ihm aufzusitzen. So schritt sie denn neben dem Pferde her, es sorglich an dem Stricke führend, der auch bei diesem festlichen Aufzuge der beiden als Zügel dienen mußte. Des heißen Tages wegen hatten sie sich erst spät auf den Weg gemacht; für ihren Heimritt würde der Mond leuchten.

Die Starrheit, die seit dem Tode ihres Bruders auf Marcantonia gelegen, war von ihr gewichen, aber die Ereignisse der letzten Wochen hatten doch eine große Wandlung bewirkt. Ihr Gesicht nahm mehr und mehr den ernsthaften, fast schwermütigen Ausdruck an, der den Frauen jenes Volksschlages, selbst den ganz jungen, eigentümlich ist; selten daß ein Schimmer ihrer alten unbändigen Lebenskraft und Frohheit über ihre Züge ging; sogar ihr Gang war anders geworden, langsam und schwerfällig, und ihre Bewegungen nahmen jene Würde und Feierlichkeit an, welche der Erscheinung dieser halbwilden Geschöpfe häufig etwas Großartiges und geradezu Tragisches verleiht.

Dagegen schien Salvatore sich verjüngt zu haben. Die Folgen seiner Verwundung waren ihm zwar noch anzusehen, aber er befand sich in einer übermütigen, wahrhaft hochzeitlichen Stimmung und hörte nicht auf, Marcantonia wegen ihres guten Schusses zu rühmen, denn nur durch diesen wäre er zu einer Frau gekommen. Er behauptete, daß er das einsame Leben nicht länger hätte ertragen können; jetzt sollten bessere Zeiten kommen.

»Was meinst du, Marca, es wäre doch schade gewesen, wenn du mich totgeschossen hättest – und das nur darum, weil ich allzusehr in dich verliebt war? Hätte es dir wohl leid gethan?«

»Das weiß ich nicht. Wie kann ich das wissen?«

»Wie du das wissen kannst? Ei, denke einmal nach. Du liebst mich ja doch auch ein wenig.«

Doch Marcantonia dachte nicht nach. Das Nachdenken lag nun einmal nicht in ihrer Natur; sie hätte gar nicht gewußt, wie es anzufangen, über etwas nachzudenken. Aber ihr fiel ein, daß der neue Knecht, der das Amt ihres Bruders übernehmen sollte, erst am nächsten Tage in Ostia eintreffen würde, daß sie also erst am nächsten Tage zu ihrem Manne nach Torre San Michele ziehen könnte. Sie sagte es ihm.

»Morgen früh muß ich noch einmal nach den Herden sehen; mittags komme ich dann zu dir und backe dir eine Frittata, Oel und Mehl habe ich noch, das bringe ich mit.«

Aber Salvatore wollte nichts davon hören, daß seine junge Frau erst am nächsten Tage zu ihm zöge. Was sie die Herden angingen?

»Morgen mittag kannst du meinetwegen nachsehen; der neue Knecht wird schon rechtzeitig eintreffen,«

Marcantonia schwieg; es wäre ihr niemals in den Sinn gekommen, anderer Meinung zu sein als ihr Mann.

In Crocetta angelangt, meldete Salvatore den Mönchen seine Ankunft und begab sich sogleich mit Marcantonia in die Kirche – einen öden, feuchten Raum, von dem die Wildnis Besitz ergriffen hatte. Die Mauern zeigten klaffende Risse, durch die morsche Balkendecke leuchtete ein Stück des nächtlichen Himmels hernieder; in der Apsis, darin der Hochaltar stand, nisteten Falken, und auf den Stufen zusammengeringelt lag eine große Natter, die sich so als Herrin des Ortes fühlte, daß sie dem Brautpaare nicht Platz machen wollte und erst von Salvatore verjagt werden mußte. Dann erschienen die Schatten von Mönchen, die in dem einsamen Heiligtum ihrem Tode entgegenwankten; der Rest einer Kerze wurde auf dem Altar angesteckt und die Ceremonie in möglichster Kürze vollzogen. Der Priester mochte denken, daß in der Wildnis ein Ja und Amen genügte, und daß es schließlich sehr anerkennenswert war, unter obwaltenden Umständen überhaupt in die Kirche zu kommen und sich von einem Diener Gottes die Hände ineinanderlegen zu lassen. Auch das Fehlen der Ringe, das Unterlassen des Eintragens der geschlossenen Ehe ins Kirchenbuch, sowie daß den Vermählten kein Trauschein ausgestellt wurde, that der Heiligkeit der Sache keinerlei Abbruch. Salvatore zeigte sich leidenschaftlich aufgeregt, Marcantonia vollständig gleichgültig, und die Mönche trugen Sorge, von dem jungen Ehemanne die gebührenden Sporteln zu erhalten. Aber Salvatore hatte kein Geld eingesteckt, versprach, gelegentlich zu zahlen, und machte, daß er mit seiner Frau fortkam. Marcantonia mußte jetzt vor ihm auf dem Pferde sitzen; trotz der Schmerzen in seiner verwundeten Schulter hielt er das junge Weib fest umschlungen und trieb sein Tier zu wildem Galopp an. Als sie durch die Hütten des neuen und die Ruinen des alten Ostia trabten, schien der Mond in voller Pracht, und sein Silberglanz leuchtete den Neuvermählten bei ihrem Eintritt in ihr einsames, dunkles, totenstilles Haus.

»Liebst du mich, Marca?«

Er hatte ihr gesagt, wer er war und was er gethan: nun küßte er sie heftig und sie ließ sich von ihm küssen, wie sie sich von jedem andern hätte küssen lassen, wenn sie dessen Weib gewesen wäre. Der höchste Begriff, den dieses wilde Geschöpf kannte, war der der Pflicht: die Frau soll dem Manne unterthan sein.

###

Mit dem jungen, blühenden Geschöpfe zusammen fand Salvatore die Einsamkeit ganz erträglich. Bald war seine Wunde vollkommen geheilt, und als im September die ersten Herbstregen fielen, welche die braune Steppe wie durch Zauberschlag in ein üppiges Gartengefilde verwandelten, that es ihm nicht leid, daß Ostia noch immer nicht von seinen wenigen Einwohnern bevölkert wurde, sondern ein toter Ort blieb; denn gerade nach den ersten heftigen Regengüssen strömt das Land seine giftigsten Dünste aus.

Dem jungen Ehemanne gewährte es immer von neuem Vergnügen, in dem öden Gemäuer nach seinem Weibe zu rufen, und war es nur, um ihre Stimme antworten zu hören. Er schalt, weil sie so wenig sprach und gar nicht mehr lachte; nach dem langen, schweren Schweigen, welches in Torre San Michele geherrscht hatte, sollten Leben und Freude darin ihren Einzug halten. Aber wovon hätte Marcantonia sprechen sollen? Was sie von ihrer Kindheit und ihrem Heimatsorte zu erzählen wußte, hatte sie erzählt, und über das eine große Ereignis ihres Lebens, den Tod ihres Bruders, bewahrte sie tiefes Schweigen – hatte sie doch durch diesen Tod den Glauben an die Hilfe der Madonna und damit ihr gesamtes inneres Empfindungsleben verloren. Denn was sonst an dumpfen Gedanken in ihr war, ging nicht über die wenigen Bedürfnisse des täglichen Lebens hinaus und war mit ein paar Worten abgethan. Sie kannte einige jener Lieder, welche das sabinische Volk mit gellender, klagender Stimme in einer unsäglich schwermütigen und unsäglich eintönigen Weise während seiner Arbeit abschreit. Anfangs fand Salvatore Behagen an dieser Art von Gesang; es klang wild und traurig zugleich, und wenn er ausgestreckt im Schatten des Gemäuers oder droben in der Kammer auf dem Bette lag, hörte er gerne der seltsamen Melodie zu; aber bald ermüdete ihn das ewige Einerlei, und er verbot Marcantonia ihr Singen. Fortan sang sie nur, wenn Salvatore in Stimmung war und es ihr von ihm befohlen wurde.

Fast täglich begab sich Salvatore in aller Frühe mit seinem Hunde Garibaldi auf die Jagd, um seiner Hausfrau Fleisch in die Küche zu liefern. Wenn er dann mit seiner Beute, die gewöhnlich nur aus ein paar Vögeln bestand, dem Turme sich näherte, so sang er bei guter Laune seinem Weibe irgend eine übermütige Strophe entgegen; Marcantonia blieb ihrem Manne die übliche Erwiderung auch niemals schuldig, aber diese fiel so ernsthaft aus, daß Salvatore darüber in Zorn geriet: er wollte ein lustiges Weib haben.

Nach eingenommenem Abendbrot gingen sie hinaus und lagerten sich auf dem weichen Sande am Meere, den Wellen so nahe, daß sie manchmal vom Schaum überspritzt wurden. Dann berichtete Salvatore, der das Bedürfnis hatte, wenigstens den Klang seiner eignen Stimme zu hören, von seinem vergangenen Leben, wo er zur goldnen Jugend der Capitale gehört hatte, der Liebhaber einer Schauspielerin gewesen war und ganz Rom von sich reden machte. Marcantonia verstand von alledem wenig oder nichts, zeigte sich auch durchaus nicht begierig, etwas davon zu verstehen; ebensowenig kam ihr bei Salvatores glühenden Schilderungen jemals der Gedanke, daß sie nicht zu einander paßten, daß ihr Mann es einstens bereuen könnte, sie zum Weibe genommen zu haben. Was Salvatore anbetraf, so war er in seiner Leidenschaft für die Tochter der Wildnis noch zu wenig gesättigt, um ernsthafte Bedenken zu fühlen; zuweilen kam ihm die ganze Sache wie ein tolles Abenteuer vor, welches irgend eines schönen Tages, früher oder später, ein

Ende nehmen würde. Was für ein Ende das sein könnte, darauf war er selber begierig.

Endlich hörte für das unglückliche römische Land die entsetzliche Zeit der *Aria cattiva* auf. Es wurde kühl, eine kräftige Tramontana setzte ein, das Meer stürmte unablässig, auf den höchsten Gipfeln des Felsengebirges schimmerte der erste Schnee, während für die Ebene ein neuer Sommer gekommen schien. Im November kehrten die Bewohner Ostias aus Ariccia zurück und bezogen die alte Stätte des Elends und Siechtums von neuem. Auch die Hirten, die Kohlenbrenner und Jäger erschienen wieder. Salvatore suchte seine alten Gefährten auf, ward viel in Fiumicino und Portus gesehen, machte die Bekanntschaft des neuen Hüters der Ruinen im antiken Ostia und dachte nicht mehr daran, auf Marcantonias ernsthafte Stimme oder ihren schwermütigen Singsang zu lauschen und ihr seine Ankunft durch die erste Strophe eines Ritornells anzukündigen.

Marcantonia merkte von der Wandlung, die sich allmählich mit ihrem Manne vollzog, nicht das mindeste, lebte in aller Dumpfheit gelassen weiter, ohne Leidenschaft und ohne Wunsch. Sie hielt den Turm in guter Ordnung, kochte die wenigen Gerichte, die sie zu bereiten wußte, leidlich schmackhaft, fand jeden Tag etwas zum Waschen, wurde mit jedem Tage schweigsamer. Dann kam eine Zeit, wo sie wieder sang – als sie im Frühling ihrem Manne ein Kind gebar. Es war ein prächtiger Knabe.

Sechstes Kapitel.

Der kleine Silvio lief bereits auf starken Füßen in dem alten Mauerwerk umher, kroch seinem Vater auf den Schoß, zauste kräftig seinen gewaltigen Bart und hielt den kleinen Mund keinen Augenblick still. Auch hatte das Kind das helle Lachen, welches seiner Mutter als Mädchen zu eigen gewesen. Diese war seit der Geburt des Knaben nur noch der Schatten jener Marcantonia, deren Jugendkraft seiner Zeit alle Sinne Salvatores in Taumel versetzt hatte. In einem Alter von zwanzig Jahren fing sie bereits an, ein verblühtes Weib zu werden. Das Schicksal aller Frauen ihres Volkes, das Fieber, packte sie und ließ sie nicht wieder los. Ein zweites Kind wurde geboren, das schon nach wenigen Wochen starb, weil seine Mutter dem Säugling nicht genug Nahrung geben konnte. Marcantonia nahm den Tod des Kindes mit dem stumpfen Gleichmut hin, der ihr mehr und mehr zur Natur geworden. Trotzdem sie das kranke Kind, mehr als den Knaben, mit einer fast wilden Zärtlichkeit liebte und des Kindes Tod voraussah, betete sie weder um sein Leben, noch leistete sie der Madonna ein Gelübde, überzeugt, daß die Gottesmutter sich doch nicht daran kehren würde. Ihr beständiges Fiebern faßte sie als eine Sache auf, die sich von selbst verstand; niemals klagte sie. Häufig war sie so geschwächt, daß sie kaum zu gehen vermochte, sorgte jedoch für Mann, Kind und Haus in derselben Weise wie früher in ihren gesunden Tagen.

Längst war sie gewohnt, von ihrem Manne heftig angefahren, gescholten und mißhandelt zu werden, was sie geduldig ertrug, ohne dabei etwas andres zu denken, als daß es sein Recht sei, mit seinem Weibe nach Belieben zu verfahren, und ihre Pflicht, sich in alle seine Launen zu fügen. Aber niemals wäre ihr beigefallen, daß sie ihm zur Last werden oder daß er es jemals als eine Schmach empfinden könnte, sie zum Weibe genommen zu haben.

Eines Morgens wollte sich Salvatore zur »heiligen Insel« hinüber begeben. Es war Frühling, die Zeit, wo aus Afrika die Wachteln zurückkehren und die Jagd auf diese Vögel, die sich nach der langen Meeresreise ermattet an der Küste niederlassen, viele Römer in die Wildnisse des lateinischen Sumpflandes führt. Salvatore nahm seine Büchse, hängte die Leinwandtasche um, rief seinen Hund und verließ den Turm. Längs dem Tiber ging er über die in voller Blütenpracht stehende Steppe zu einer unmittelbar am Strom gelegenen Ruine, wo während der guten Jahreszeit ein Schiffer wohnte, der die Jäger und Vogelsteller über den Fluß setzt, nach der heiligen Insel hinüber, einer langen und schmalen Sandbank zwischen dem Tiber und dem Kanal von Fiumicino, deren Name von einem berühmten Heiligtum des Apollo herrührt und die seit Jahrhunderten nur noch von Ochsen und Büffeln bevölkert wird.

Jenseit des Flusses angelangt, machte Salvatore seine Waffe schußbereit und trat seinen Jagdgang an.

Das merkwürdige Eiland lag in tiefster Einsamkeit. Der silberhelle Flugsand hatte die Insel mit hohen, leuchtenden Hügelketten überflutet, die zum großen Teile von goldigen Immortellen, von weißen und purpurfarbigen Cistusrosen und blaublühendem Rosmarin bewachsen waren, so daß es aus der Ferne erschien, als wären prächtige Teppiche über die Dünen geworfen, während die Tiefen baumhoher Ginster, Mastix und Myrten und die schönen Pflanzen der Asphodelen füllten, unter deren Schutz Cyclamen und Meerlilien blühten.

Salvatore hatte Mühe, durch die Dickichte und die weichen, tiefen Sandwellen bis zu einer Stelle vorzudringen, wo nach dem Meere zu die Wildnis sich lichtete. Hier dauerte es nicht lange, und seine Tasche war mit Wachteln gefüllt. Gerade als er heimkehren wollte, begannen von allen Seiten die Schüsse zu fallen; in der Luft schwirrte es von aufgescheuchten, geängstigten Vögeln; die in der Nähe des Strandes ruhenden Ochsen erhoben sich schwerfällig und zogen sich in das Buschwerk zurück.

Vorsichtig die Stellen vermeidend, an denen er Jäger oder Vogelfänger vermutete, machte sich Salvatore auf den Weg. Aber ein tückischer Zufall wollte, daß er seinem Schicksal gerade in die Arme lief.

Denn plötzlich vernahm er ganz in seiner Nähe fröhliche Stimmen, Gelächter und laute Zurufe. Salvatore blieb stehen, er befand sich in einer Betroffenheit, als hätte er etwas durchaus Ungewöhnliches vernommen. Und etwas Ungewöhnliches war es auch, an diesem Ort, mitten in der Wüstenei der heiligen Insel, Frauen zu begegnen, und zwar nicht Frauen aus dem Volk, sondern, den Stimmen nach zu urteilen, Damen, jungen, fröhlichen, vielleicht schönen und reizenden Damen.

Die Versuchung, zu bleiben und zu spähen, war zu mächtig für den Mann, der seit vielen Jahren keine solchen Stimmen vernommen hatte. Sie klangen dem verwilderten Gatten Marcantonias wie Stimmen aus einer andern Welt, einer Welt, der auch er einst angehört hatte und bei deren Klang ihn plötzlich, wie auf Zauberschlag, alle jene Gebilde und Gestalten umgaukelten, die er hatte verlassen müssen. Leise rief er Garibaldi zurück, der lauschend stehen geblieben war und jetzt bellend vorstürzen wollte; behutsam bog er die Zweige auseinander und sah: Vor ihm lag, unmittelbar unter einer hohen Düne, eine Lichtung, welche soeben von einer Gesellschaft von Damen und Herren betreten wurde. Die letzteren trugen das Kostüm römischer Vogeljäger: einen grauen Leinenanzug, hohe Gamaschen von braunem Leder, helle, breitkrämpige Hüte; doch verriet der kokette Schnitt die unverfälschte *Jeunesse dorée*. Die Damen waren in bunten Toiletten, welche sich für das elegante Biareggio oder das vornehme Livorno besser geeignet hätten als für die wilde Küste des alten Latium. Salvatore, der wie gebannt hinblickte, sah die zierlichsten Sonnenschirme und Hüte, die sicher den Stempel einer Pariser Firma trugen. Um die Gesichtszüge der einzelnen erkennen zu können, befand sich die Gesellschaft zu weit von ihm entfernt; ihm aber war es, als spürte er den Duft der seinen Welt bis herüber in sein Myrtengebüsch. Seltsam beklommen ward ihm zu Mute. Am liebsten wäre er entwichen. Dennoch blieb er.

In einiger Entfernung folgten mehrere Diener, beladen mit bepackten Körben und kleinen Säcken für die erbeuteten Wachteln. Denn auch diese eleganten Leute wollten sich an der Vogeljagd vergnügen, und es waren bereits tags zuvor die für diesen Sport nötigen Vorbereitungen getroffen worden.

Längs der Düne waren hohe Stangen aufgesteckt und dazwischen Netze gezogen, in deren Maschen die dagegen flatternden, vom Fluge übers Meer ermatteten Wachteln hängen blieben. Ein Teil der gefangenen Vögel würgte sich selbst, die meisten aber lebten noch. Die Damen kreischten beim Erblicken der reichen Beute vor Entzücken laut auf, warfen Fächer und Schirme fort, nahmen ihre Kleider in die Höhe und erkletterten mit Hilfe der Herren unter Jubel und

Lachen die steile Düne, woselbst die Diener die Stangen aus dem Sande zogen und vorsichtig die Netze mit den zappelnden Vögeln herabließen. Und nun begann das Vergnügen. Die Thätigkeit der Herren bei diesem Sport beschränkte sich darauf, die Vögel aus den Maschen zu lösen. Was bereits tot war, wurde achtlos beiseite geworfen, die lebenden Wachteln jedoch den Damen übergeben, welche, zierlich behandschuht, die Köpfchen der hübschen Vögel sorgfältig für die Hinrichtung zurechtlegten, sodann mit einem Druck des Daumens die Hirnschale auf das anmutigste eindrückten.

Bald entstand unter den Schönen ein Wettstreit, wer in kürzester Frist die meisten Vögel umzubringen vermöchte. Nicht schnell genug für den Eifer des zarten Geschlechtes konnten die Herren die Vögel darreichen; die Diener mußten helfen, und manche reizende Hand riß die Opfer selbst aus der Schlinge. Es war ein herrliches Vergnügen! Die Wangen glühten; sie jauchzten und schrieen vor Mordlust. Salvatore stand und blickte mit leuchtenden Augen zu den lebhaft bewegten jugendlichen Gestalten der mordenden Römerinnen hinüber.

Hätte er dabei sein können! Plötzlich bekam er einen gewaltigen Schrecken. Eine der Schönen, und zwar gerade diejenige, welche ihm gleich anfangs am meisten aufgefallen war – ihr Haar leuchtete in einem rötlichen Gold, sie trug den prächtigsten Hut, die längsten Handschuhe, ein Kleid, als wollte sie auf den Ball gehen – wurde von den Herren am eifrigsten mit Material versorgt, kreischte am lautesten und zeigte die wildeste Mordgier. Diese überaus stattliche und pomphafte Dame hatte das Unglück, einer Wachtel den Schädel nicht ganz einzudrücken, so daß das Tier, als sie es fortwarf, mit den letzten Kräften noch einmal aufflatterte, gerade auf das Buschwerk zu, hinter dem Salvatore stand. Die schöne Jägerin wollte keinen Vogel lebendig ihren Händen entkommen lassen und lief dem Flüchtling nach, vielleicht um den Beweis zu liefern, daß sie trotz ihrer eingezwängten Taille, der engen Röcke und hohen Absätze im stande war, wie ein »Reh« durch den Sand zu eilen. Die andern waren zu sehr mit ihrem Jagdvergnügen beschäftigt, um auf die kleine Episode sonderlich zu achten; nur einer der Herren wollte der Schönen nach, wurde indessen von den Damen einmütig zurückgehalten. So geschah es, daß die Schöne, die Gebüsche durchdringend, sich plötzlich einem Manne gegenüber befand, der das Aussehen eines Banditen hatte und der sie mit einem Blicke anstarrte, als ob er sie sogleich in die Macchie schleppen wollte. Aber der Schrei erstarb auf ihren Lippen, als sie sich von dem vermeintlichen Briganten bei ihrem Namen angerufen hörte: »Lucia!«

Trotz ihres gefärbten Haares, der stark gepuderten Wangen, der ummalten Augen und üppig gewordenen Gestalt hatte er sie sogleich erkannt, und trotz aller jener Zusätze fand er die einstmals Geliebte noch immer ein herrliches Weib, um derentwillen er zum zweitenmal hätte einen Mord begehen können.

Aber sie erkannte ihn nicht wieder. Mit fast erstickter Stimme rief er ihren Namen von neuem. »Lucia! O Lucia!«

Er wäre ihr am liebsten zu Füßen gestürzt, hätte sie am liebsten an sich gerissen; aber er wagte es nicht. Er kam sich so verwildert, so verkommen, ihrer so unwürdig vor; sie erschien ihm so hoch über ihm stehend, so unerreichbar, daß er vor Jammer zu vergehen meinte.

»Salvatore!«

Sie erblaßte unter ihrem Puder und machte eine Bewegung, als ob sie fliehen wollte. Aber Salvatore vertrat ihr den Weg. Er stammelte: »Du willst fort? Nach acht Jahren sehen wir uns wieder, und du willst fort?«

Sie nahm eine Pose an und rief pathetisch: »Was wollt Ihr von mir?« »Was ich von dir will?«

Sie streckte den Arm aus.

»Wir sind einander fremd geworden, wir haben nichts mehr miteinander gemein.«

»Ich habe um deinetwillen einen Mord begangen.«

Sie schauderte. Er, mit fast erstickter Stimme, fuhr fort: »Ich habe um deinetwillen mein Leben zerstört; ich habe um deinetwillen Not und Entbehrung getragen, soviel ein Mensch ertragen kann: ich habe um deinetwillen gelebt beinahe wie ein wildes Tier – –«

Sie murmelte: »Unglücklicher!«

Salvatore stand vor ihr und wendete kein Auge von ihr ab; aber auch die Dame, die ihren ersten Schrecken überwunden hatte, sah ihn an. Es war jedoch nicht die Erkenntnis, daß sie diesem Manne noch immer eine sinnlose Leidenschaft einflößte, daß sie in seinen Augen immer noch jung und schön war, die sie mit einer plötzlich erwachenden lebhaften Teilnahme für ihren ehemaligen Liebhaber erfüllte; sie ließ ihre Augen langsam und forschend über seine Gestalt hingleiten, welche durch das lange Leben fern von aller Kultur etwas Ungeschlachtes und Brutales angenommen hatte, und obgleich sie erkannte, daß diese Verwilderung sich nicht allein auf das Aeußere des Mannes erstreckte, flüsterte sie, ihm die Hand reichend: »Um meinetwillen hast du gelitten?«

Mit einem Aufstöhnen, welches den ganzen Mann erschütterte, warf sich Salvatore vor der modernen Circe nieder, ergriff die ihm gnädig dargereichte parfümierte Hand, preßte sie an seine Lippen, stammelte wirre Laute, seufzte, schluchzte.

Als er sich wieder notdürftig beruhigt hatte, begann die Dame im Konversationstone: »Aber wie du mich erschreckt hast! Bist du auch auf der Wachteljagd? Welch ein Zufall! Du ließest ja niemals etwas von dir hören. Ich dachte so oft: einmal könnte er dir doch schreiben. Das hättest du wirklich gekonnt. Wußtest du denn nicht, daß ich wieder in Rom bin? Im Teatro Valle! Wir spielen schon seit Ende Karneval. Hast du mich eigentlich schon als Kameliendame gesehen? Alle Welt findet mich darin ebenso gut wie die Marini; Fürst Gaëtano sah in Paris die Sarah Bernhardt als Margherita und ist der Meinung, ich könnte es mit ihr aufnehmen. Meine Toiletten sind prachtvoll. – – Wie du aussiehst! Weißt du, daß ich dich für einen Briganten hielt? Der wilde Bart steht dir übrigens vortrefflich; aber ehe du zu mir kommst, mußt du ihn dir abnehmen lassen.«

Salvatore hatte sich auf seine Lage besonnen und sagte: »Ich werde nicht zu dir kommen.«

Sie warf ihm einen ihrer siegreichsten Blicke zu: »Bist du noch immer eifersüchtig? Das mußt du dir abgewöhnen, wenn wir wieder gute Freunde werden sollen. Aber meine Gesellschaft wird gar nicht wissen, wo ich so lange bleibe. Kennst du die Herren? Fürst Orsini ist dabei und der junge Marchese Muti. Die andern sind Kollegen. Wir amüsieren uns herrlich. Ich möchte dich meinen Freunden vorstellen. Was soll ich ihnen sagen? Denn wenn ich dich recht verstanden habe, mußt du dich wegen jener Angelegenheit immer noch verborgen halten.« »Noch immer.«

»Wie machst du es nur?«

»Wie soll ich es machen? Ich führe den Namen Baldassare Leste und lebe hier als Strandwächter.«

»Hier lebst du?«

»In Torre San Michele bei Ostia.«

»In diesen Sümpfen?«

»Nun ja.«

»Und du bist noch nicht umgekommen?«

»Noch nicht.«

Sie murmelte wieder: »Du Armer!« Dann erkundigte sie sich: »Und wer ist bei dir?«

Salvatore zuckte die Achseln; die Dame rief: »Du bist allein in dieser furchtbaren Einsamkeit?«

Salvatore stieß hervor: »Ich sagte dir, daß ich ein Leben führe wie eine Bestie.«

»Und du fürchtest dich nicht, entdeckt zu werden?«

»Ich habe es oft gewünscht; oft war ich nahe daran, nach Rom zu gehen und mich auszuliefern.« »Das wäre dumm gewesen.« Sie dachte nach: »Weißt du, ich werde mich deiner annehmen; ich habe gute Freunde in Rom.«

»Das glaube ich.«

»Im Ernst: du dauerst mich. Du mußt wieder nach Rom kommen, du mußt mich wieder besuchen, du mußt mich wieder im Theater bewundern, du mußt wieder mein Freund sein. Ich habe dich nämlich sehr lieb gehabt.«

»Lucia!«

Es war ein erstickter Aufschrei. Lucia lächelte.

»Du mußt aber thun, was ich dir sage.«

»Alles will ich thun, nur daß ich dich wiedersehen darf.«

»Das sollst du – wenn du vernünftig bist.«

»Toll bin ich! Du hast mich von neuem toll gemacht.« Sie lachte. »Findest du nicht, daß ich mich sehr verändert habe?«

»Ich erkannte dich gleich wieder. Du warst niemals schöner.«

»Lernt man in der Wildnis das Schmeicheln?«

»O Lucia –«

»Ich will dir glauben. – Jetzt gehst du mit mir zur Gesellschaft.«

»Wie kann ich das?«

»Laß mich nur machen.«

»Nein, nein.«

Sie neigte sich zu ihm. Er atmete den Duft ein, der ihrem gefärbten Haar entströmte, und es war ihm, als legte sich ein Nebel vor seine Augen.

Dann gingen sie.

Siebentes Kapitel.

Salvatore klopfte das Herz, als er mit seiner Begleiterin aus der Macchie trat und auf die lustige Gesellschaft zuschritt, die ihn für einen Vogeljäger hielt und sich nicht weiter um ihn kümmerte. Es war seit langer Zeit zum erstenmal, daß er mit Bewohnern einer Welt in Berührung kommen sollte, zu denen auch er einst gehört hatte. Lucia schien die Empfindung ihres ehemaligen Liebhabers zu ahnen. Sie sagte: »Sei ohne Sorge und lasse mich nur machen. Unter welchem Namen lebst du in dieser abscheulichen Wildnis?«

»Als Baldassare Leste.«

»Und du wohnst bei Ostia im Turm von San Michele? Als nautischer Beobachter oder so etwas, nicht wahr? Prächtig! Kein Mensch soll dahinterkommen. Still! Da sind sie.« Noch in einiger Entfernung von der Gesellschaft stellte Lucia ihren Freunden Salvatore bereits vor.

»Denkt euch, wen ich hier bringe! Einen Jugendfreund von mir, Baldassare Leste. Wir haben als Kinder zusammen gespielt. Ist es nicht merkwürdig? Ich laufe einer Wachtel nach und finde einen alten Kameraden! Stellt euch vor, er ist ein Menschenfeind. Da lebt er nun in dieser Wildnis, der Arme, schießt Wachteln, ißt Büffelkäse und wohnt mutterseelenallein in einem alten Römerturm. Seid recht nett mit ihm, Kinder. Und nun wollen wir frühstücken, ich habe gräßlichen Hunger.«

Sie waren denn auch alle »recht nett« mit ihm; die Damen fanden in ihm einen schönen Mann, und auch auf die Herren machte er einen vorteilhaften Eindruck. Der Marchese schüttelte ihm die Hand, und selbst der Fürst behandelte den Bewohner von Torre San Michele ohne Herablassung. Die Diener der beiden vornehmen Herren trugen die Körbe an den Strand, packten aus und ordneten die Colazione. Unterdessen zählten die Damen die erlegten Wachteln. Die »Naive« war so glücklich, die meisten Vogelleichen aufweisen zu können, Signora Lucia schmollte mit Salvatore, der Schuld trug, daß sie mit der Zahl ihrer Opfer in bedeutendem Rückstände geblieben war.

Darauf lagerte man sich hinter der Düne in dem weichen Meersande, angesichts der leuchtenden, tiefblauen Flut, auf der die Wogenketten funkelnde Schaumkronen emporwarfen. Salvatore saß zwischen der Tragödin und der Naiven – einem mageren, bleichsüchtigen Geschöpfe mit schwermütigen Augen. Mehr und mehr geriet er in eine wunderliche Stimmung. Die elegante Gesellschaft, die leichten, fast freien Manieren, das zwanglose, beinahe frivole Geschwätz, der Patschuliduft, die leckeren Gerichte und schweren Weine, selbst der leuchtende, heiße Tag und der Wohlgeruch, der von allen Sträuchern und Blumen ausging, trugen dazu bei, Salvatores Sinne zu berauschen. Zuerst nur darauf bedacht, eine möglichst gute Haltung zu zeigen, nahm seine Gezwungenheit jeden Augenblick ab, bis seine Erregung ihn über allen Zwang hinweghob. Er begann von seinem Leben in der Wildnis zu erzählen und that es so vortrefflich, daß die Gesellschaft still wurde und ihm zuhörte. Das ermutigte ihn; es dauerte nicht lange, so war sein Benehmen so frei, als hätte er in den letzten sechs Jahren dieselbe Lebensweise wie der Fürst und der Marchese geführt: im Corso, auf dem Pincio, auf der Piazza Colonna und bei Morteo, im Teatro Apollo und Teatro Valle, und nach der Oper und dem Ballett in mehr oder weniger interessanter Gesellschaft. Einige der Damen, die sämtlich der Truppe Belotti-Bon angehörten, waren jung und hübsch und wirklich liebenswürdig; aber sowohl für die Herren, die nicht vom Theater waren, wie für die Schauspieler nahm die stark verblühte Signora Lucia unbestritten den ersten Rang ein. Was Salvatore anbetraf, so hatte er kein Auge für die gefärbten Haare, die geschminkten Wangen und bemalten Wimpern; mit ihrer geschnürten Taille, ihrem lächerlichen Hut und ihrer unmotivierten Ballrobe kam die Schöne ihm noch ebenso herrlich vor wie an jenem Tage, an dem er sie zum erstenmal gesehen hatte. Plötzlich fuhr er zusammen; Lucia hatte gesagt: »Was meint ihr, wenn wir unserm Herrn Einsiedler in seinem Turm einen Besuch abstatteten?«

Der Vorschlag wurde lebhaft applaudiert.

»Seht doch, was für ein Gesicht der Herr Einsiedler zu unserm menschenfreundlichen Vorschlage macht!« rief die Naive.

Und Marcantonia – – war Salvatores erster Gedanke, und er fühlte plötzlich, daß er das Weib haßte. Er konnte sie diesen Menschen doch unmöglich als sein Weib vorstellen. Dennoch machte er keinerlei Einwendungen, sondern erklärte sich bereit, die Gesellschaft nach San Michele zu führen: Niemand würde auf den Gedanken kommen, daß dieses halbwilde Geschöpf sein Weib sein könnte; er brauchte nur zu schweigen. Lucia schwatzte: »Wir hoffen eine Höhle zu finden, in der Ihr zusammen mit Vipern und Skorpionen wohnt: sehr höflich wäre es von Euch, uns mit Wolfsgeheul empfangen zu lassen. Was würdet Ihr sagen, wenn wir uns in den Kopf gesetzt hätten, bei Euch zu speisen? Ich wünsche Euren Büffelkäse zu kosten und die Bekanntschaft von Oelsuppe zu machen. Gewiß könnt Ihr Euren Gästen Ricotto backen. Nehmt Euch in acht! Sollten wir den geringsten Komfort bei Euch entdecken, so sind wir enttäuscht.«

Damit hing sie sich an Salvatores Arm. Die Diener wurden mit den Sachen und der Jagdbeute nach Fiumicino zurückgeschickt; in heiterster Laune folgte die kleine Gesellschaft ihrem Führer durch das wilde Eiland.

Achtes Kapitel.

Marcantonia brachte den Morgen in gewohnter Weise zu, alle Arbeit des Hauses verrichtend. Dann fiel ihr ein, daß es Sonntag sei. Sie ging zur Cisterne und wusch sich, wobei der kleine Silvio zu den Füßen der Mutter im Sande kauerte und mit Muscheln spielte. Nachdem sie ihr prächtiges Haar gekämmt und wieder aufgesteckt hatte, verbarg sie die Last von Zöpfen unter dem Schleiertuch, legte ihr Festgewand an und vervollständigte ihren Putz, indem sie sich die schwere goldne Kette umband. Nun rief sie den Knaben, machte auch diesen nach besten Kräften etwas feiertäglich, nahm darauf die Spindel, setzte sich vor die Thür auf einen der antiken Opfersteine und begann ihre Fäden abzuspinnen. Silvio ersann sich ein neues Spiel. Er lief fort, riß überall Blumen ab, schleppte mit vollen Armen herbei und türmte die Blüten rings um seine Mutter auf.

In ihrer dumpfen, schwerfälligen Weise dachte Marcantonia, dem Spiele ihres Sohnes zuschauend: Vier Jahre; ist er nun. Der wird einmal so stark wie sein Vater. Zum Winter muß er ein neues Röcklein bekommen. Hätte ich nur einen Stuhl, damit ich das Zeug selbst weben könnte! Die Fischerweiber in Fiumicino drüben nehmen sechs Paoli für die Canna. Nächstens muß ich hin und ihnen Garn bringen. Wir haben auch kein Mehl mehr, das Oel geht aus, und für Salvatore muß ich Wein und Maccaroni holen. – – Warum wir uns wohl aus den Salinen kein Salz nehmen dürfen? Das Salz gibt das Meer, und das Meer gehört niemand. Salvatore meint auch, daß ich das Salz aus der Saline holen könnte. – – Heute bleibt er lange aus. Vielleicht ist er nach Portus zu den Hirten gegangen, um Käse zu kaufen und Ricotto. Wenn er kommt, brate ich ihm von den Wachteln; Fische sind auch da ...

Der Faden war ihr gerissen. Marcantonia knüpfte das Gespinst zusammen: die Hände zitterten ihr, kalte Schauer überliefen sie, sie sank mit dem Kopfe gegen die Mauer.

Heute habe ich wieder starkes Fieber. Wäre das Chinin nur nicht so teuer! Aber Salvatore meint auch, es hälfe nichts. Nun, er muß es wissen. Ich will ihn bitten, nach Crocetta zu gehen und sich von den Mönchen Blätter von den Fieberbäumen geben zu lassen. Die koche ich dann. – –

Wenn nur Silvio nicht das Fieber bekommt! Hälfe es etwas, so würde ich der schwarzen Madonna in Genazzano ein Schleiertuch geloben. Leinwand habe ich, und die Spitzen könnte ich im Winter selbst machen. Aber es hilft nichts; der arme Francesco hat auch sterben müssen. Vielleicht sterbe ich diesen Sommer, wenn die anderen nach Ariccia gehen. Was thut's? Dagegen läßt sich nichts machen ...

Sie richtete sich auf, griff wieder zur Spindel, spann und schaute stumpfen Sinnes geradeaus, wo vor ihr, jenseits der ungeheuren Weite, in leuchtender Ferne die Sabinerberge aufragten. Aber sie dachte sich nichts bei dem Anblick der Heimat. Plötzlich horte sie den Knaben rufen: »Der Vater,«

Marcantonia sah auf und erblickte ihren Mann, von Ostia herkommend. Er kam nicht allein. Nun war die Sabinerin noch niemals in einer Stadt gewesen, hatte also noch niemals Damen in solchen Kostümen, mit solchen Hüten gesehen, nur Salvatore davon erzählen hören, ohne sich indessen einen Begriff von diesen Wesen machen zu können. Und jetzt kam ihr Mann mit den Fremden nach dem Turm. Marcantonia hörte sie sprechen und lachen.

Der Knabe warf die Blumen fort und lief dem Vater entgegen; aber die Sache ward ihm unheimlich. Er blieb stehen, da rief ihn seine Mutter; und er machte, daß er zu ihr kam, die gelassen zu spinnen fortfuhr, bis zu den Knieen in Blumen steckend.

Lucia erblickte die Sabinerin zuerst. Ihr Lorgnon nehmend, rief sie: »Eine Campagnolin! Madonna, welch ein stolzes Geschöpf! Aber sie ist gewiß entsetzlich schmutzig. Und was für ein allerliebstes Kind! Ist es ein Mädchen oder ein Knabe? Wir dachten, Ihr haustet ganz allein in der Einsamkeit und wäret ein Weiberfeind. Das nenne ich eine Ueberraschung!«

Und die Tragödin lachte herzlich.

Salvatore runzelte die Stirne. Der Fürst, Marcantonia musternd, meinte: »Sie muß sehr schön gewesen sein.«

»Jedenfalls ist das Kind entzückend,« erklärte Lucia pathetisch. »Komm her, du!«

Und sie lockte den Knaben, wie sie einen scheuen Hund gelockt haben würde: aber Marcantonia gebot ihm leise, bei ihr zu bleiben. Auch jetzt erhob sie sich nicht, grüßte niemand und ließ sich im Spinnen nicht stören. Erst als ihr Mann mit rauher Stimme sie anrief, schaute sie wieder auf. Im sabinischen Dialekt, in dem er sonst nie mit ihr redete, sagte Salvatore: »Das sind Fremde, die den Turm sehen wollen; du brauchst aber nicht mitzugehen. Nachher bereite etwas zum Essen, Die Wachteln brate am Spieß und backe Ricotto; die Frauen möchten auch eine heiße Pizza haben. Sorge dafür, daß alles gut ist, hörst du!«

Marcantonia gab keine Antwort, auch nicht als Lucia sie ansprach; sie starrte mit ihren finsteren, mächtigen Augen feindselig die Fremden an. Salvatore hatte seine Fassung wiedergewonnen und lud die Gesellschaft in ritterlicher Haltung ein, seine Behausung in Augenschein zu nehmen, seine Gäste bittend, bei der Besichtigung des alten Gemäuers mit der Freude vorlieb zu nehmen, die ihm durch diesen Besuch bereitet würde – es sei für ihn seit vielen Jahren der erste Festtag.

Salvatores Burg erntete reiches Lob. Der Fürst und der Marchese dachten an die Jagdfreuden, die ein solcher Aufenthalt gewährte; die Schauspieler rühmten die Aussicht über Land und Meer, und die Damen begeisterten sich für die Romantik der Stätte. Lucia bewunderte sogar die Risse im Mauerwerk, die Unebenheiten des Fußbodens und was sonst an Verfallenem und Ruinenhaftem vorhanden war. Sie wußte es einzurichten, daß Salvatore mit ihr zurückblieb; ihre Hand auf seinen Arm legend, raunte sie ihm zu: »Wie heißt sie?«

»Wer?«

»Jenes Weib.«

»Marcantonia,«

»Sie ist schon lange bei dir?«

»Schon lange.«

»Du hast sie verführt?«

»Nein.«

»So ist es ein gemeines Geschöpf?«

»Durchaus nicht.«

»Sie lebt aber doch bei dir?«

»Allerdings.«

»Ich glaube gar, du liebst sie?«

»Sieh sie doch an,«

»Sie war einmal schön?« »Das war sie.«

»Warum schickst du sie nicht fort?«

»Ich kann nicht.«

»Des Kindes wegen?«

»Ja.«

»Es ist also dein Sohn?«

»Er ist es.«

»Was soll aus dem Kinde werden in dieser Wildnis?«

»Das weiß ich nicht.«

»Du mußt mir das Kind nach Rom bringen.«

»Wie kann ich das?«

»Ich muß dich wiedersehen, und zwar bald, denn ich habe ein Unrecht an dir gutzumachen. Aber jetzt solltest du sie wirklich fortschicken, nun du mich wiedergefunden hast. Wann kommst du?«

»Morgen.«

Nach Besichtigung des Turmes führte Salvatore seine Gäste wieder hinaus. Man kam überein, die heiße Zeit im Schatten des alten Gemäuers zuzubringen und in der Abendkühle aufzubrechen, nach Portus, wohin der Fürst die Wagen bestellt hatte.

Salvatore war zu Marcantonia getreten, die noch immer regungslos vor der Thür saß: mit unterdrückter Stimme herrschte er sie an: »Was hockst du noch immer da? Geh hinein und besorge das Essen,«

Langsam erhob sich Marcantonia aus den Blumen, die ihr Knabe um sie geschüttet hatte. Der Marchese bemerkte: »Die arme Person scheint das Fieber zu haben.«

Salvatore versetzte: »Sie ist daran gewöhnt.– – Was ist dir?«

Alle sahen auf sie. Sie stand da, mit einem Ausdruck im Gesichte, auf Lucia schauend, daß alle erschraken. Die Schöne hatte sich zu dem Kinde hingekauert, ihm ein Goldstück geschenkt und es zärtlich an sich gedrückt. Im nächsten Augenblick stürzte Marcantonia vor, entriß der Fremden das Kind, warf das Goldstück fort und ging mit ihrem Sohne, ohne die Tragödin eines Blickes zu würdigen, gemessenen Schrittes, mit der Haltung einer beleidigten Königin ins Haus.

»Was habe ich dem Weibe gethan?« rief Lucia empört.

Der Fürst versuchte durch einen Scherz über die peinliche Situation hinwegzuhelfen.

»Das kommt davon, wenn man einer Tigerin ihr Junges nehmen will.«

»Wer wollte ihr das Kind nehmen? Aber Sie haben recht, Fürst, diese Art von Geschöpfen sind wahre Bestien.«

Salvatore trat auf die vor Wut zitternde Dame zu und sagte mit fester Stimme: »Vergebt die Kränkung, Signora. Marcantonia wird Euch Abbitte thun und Euch das Kind zurückbringen. Uebrigens ist die Mutter dieses Kindes mein Weib.«

Neuntes Kapitel.

Es gelang Salvatore bald wieder, einen leichten Ton in die Gesellschaft zu bringen; er entwickelte so viel Ritterlichkeit gegen die Damen, benahm sich gegen die Herren so ungezwungen, daß in kurzem die kleine seltsame Episode vergessen war. Der Fürst wetteiferte in Liebenswürdigkeit mit dem Marchese; nur ein aufmerksamer Beobachter würde bemerkt haben, daß das Benehmen der beiden vornehmen Herren gegen Salvatore nicht mehr höflich, sondern leutselig war. Was Lucia anbetraf, so schien sie noch im Zweifel, welcher Charakter der Situation am angemessensten wäre, und ob sie die sabinische Ehefrau ihres einstigen Liebhabers tragisch oder komisch nehmen sollte.

Die Gesellschaft hatte sich gelagert. Es war ein schöner Platz, von dem aus man das Ruinenfeld des alten Ostia und ein gewaltiges Stück der Steppe bis zu den Volskerbergen überblickte. Nach einer Weile suchte Salvatore Marcantonia auf, die er beschäftigt fand, die Wachteln zu rupfen. Ihr Gesicht hatte wieder seinen gewöhnlichen apathischen Ausdruck, aber ihre Augen brannten im Fieberglanze. Der Knabe war nicht bei ihr.

»Wo ist Silvio?«

»Ich sperrte ihn ein.«

»Warum?«

»Er wollte zu der fremden Frau, die ihm den goldnen Scudo geschenkt hatte.«

»Und das soll er nicht?«

»Nein.«

»Wenn ich aber will, daß er zu der fremden Frau geht?«

Marcantonia murmelte: »Was will er bei der fremden Frau? Was hat die fremde Frau dem Kinde einen goldnen Paol zu schenken? Er ist nicht ihr Kind.«

»Wenn die Mutter des Kindes eine Bestie ist, so nehme ich es ihr fort und schenke das Kind der fremden Frau. Verstehst du mich?«

Aber sie verstand ihn nicht. Wie sollte sie das verstehen: ihr Mann wollte ihr das Kind nehmen und es der Fremden geben – –

Salvatore stand und betrachtete die Frau, welche er vor den andern sein Weib genannt hatte, voller Feindseligkeit. Durch sein Bekenntnis, daß er mit dieser Frau verbunden sei, fühlte er sich unwiderruflich von ihr geschieden. Er gebot Marcantonia, das Kind zu holen.

Aber sie blieb sitzen.

»Hörst du nicht?«

»Weshalb soll ich es holen?«

»Das will ich dir sagen. Du wirst den Knaben zu der fremden Frau bringen und sie um Verzeihung bitten.«

Marcantonia regte sich nicht. Das Blut schoß Salvatore so heftig zu Kopfe, daß er die Augen schließen mußte. Zugleich erhob er den Arm und schlug blindlings zu, Marcantonia that keinen Laut, sank mit dem Kopf an die Wand, erholte sich indessen bald und fuhr fort, die Wachteln zu rupfen. Aber sie holte den Knaben nicht.

Das that Salvatore. Er fand ihn halbtot vor Angst in dem ehemaligen Verließ des Turmes, beruhigte ihn und trug ihn, an seiner Mutter vorbei, hinaus zu Lucia, die den hübschen Kleinen mit einem Freudenschrei empfing und auf das zärtlichste liebkoste, was der kleine Wildling sich unter zeitweiligem Aufschluchzen gnädig gefallen ließ. Salvatore stand daneben und sagte laut: »Marcantonia wollte Ihnen den Knaben nicht bringen; sie ist eifersüchtig auf Sie, und wahrlich nicht ohne Grund, denn das Kind liebt Sie schon jetzt.«

Er fürchtete, Marcantonia würde trotzig sein und das Essen nicht bereiten; aber einer der Schauspieler ging in den Turm und kam mit der Nachricht zurück, daß die Wachteln bereits an dem Spieße stäken, der Ricotto in der Pfanne briete und die Pizza auf dem heißen Stein büke. Nun ließen die Damen es sich nicht nehmen, aus Salvatores Wirtschaft zusammenzutragen, was sie an Schüsseln, Tellern, Gläsern und Bestecken auftreiben konnten – es war wenig genug.

Nur Lucia rührte sich nicht; sie war ganz vernarrt in das Kind, welches allmählich zutraulich ward. Dann erschien Marcantonia, das Schleiertuch tief in der Stirne, damit man die Spur des Schlages nicht sehen sollte; sie brachte an dem Spieß die Wachteln, die sorgfältig mit Speck umbunden waren, auf einem hölzernen Teller den gebackenen Ricotto und die köstlich duftenden heißen Oelkuchen. Man empfing sie mit freudigen Zurufen, die sie gar nicht zu hören schien; dann brachte sie Brot und Wein, Silvio lief ihr nach, aber sie würdigte den Knaben keines Blickes. Salvatore setzte ihn zwischen sich und Lucia, die ihren Triumph vor der Mutter nicht verbergen konnte. Diese veränderte keine Miene, stellte alles zurecht und begab sich ins Haus zurück.

Als später die Gäste aufbrachen, waren einige so höflich, in den Turm zu gehen, um der Hausfrau Lebewohl zu sagen. Sie fanden die Sabinerin am Herde kauernd und wie ein Steinbild vor sich hinstarrend.

Salvatore und der Knabe begleiteten die Gesellschaft bis zu der Stelle am Tiberufer, wo ein Fischer aus Fiumicino mit einem Nachen die Gesellschaft erwartete. Bevor man sich trennte, fand Lucia Gelegenheit zu einem letzten Zwiegespräch mit Salvatore: »Das war dumm von dir.«

»Was meinst du?«

»Vor allen zu sagen, daß dieses wilde Geschöpf deine Frau sei.«

»Aber sie ist es doch.«

»Wie war das möglich?«

»Sie war schön und ich kam um in der Einsamkeit.«

»Deshalb hättest du sie doch nicht zu heiraten brauchen.«

»Sie war tugendhaft.«

»Unsinn!«

»Also morgen komme ich.«

»Richtig, das wollte ich dir noch sagen – –«

»Was?«

»Komme morgen lieber nicht.«

»Sondern?«

»Erst morgen in acht Tagen.«

»Lucia!«

»Ich kann dich nicht eher sehen.«

»Warum nicht?«

»Quäle mich nicht.«

»Ich werde erst morgen in acht Tagen kommen.«

»So ist's recht. Bringe das Kind mit.«

»Das Kind bleibt zu Hause.«

»Nun, wir werden sehen.«

Mit einem großen Aufwande von Zärtlichkeit nahm Lucia Abschied von dem Knaben. Der Fürst und der Marchese unterließen es diesmal, Salvatore die Hand zu reichen.

Auf dem Heimwege mußte Salvatore seinen müden Sohn tragen.

»Gefällt dir die fremde Frau?« fragte er ihn.

»Sie hat mir einen blanken Scudo geschenkt.«

»Willst du wieder zu ihr?«

»Schenkt sie mir wieder einen blanken Scudo?«

»Wenn du sie recht lieb hast.«

»Aber die Mutter wird böse und schlägt mich.«

»Sie wird dich nicht mehr schlagen.«

»Kommt sie mit zu der fremden Frau?«

»Nein.«

Silvio bedachte sich eine Weile, dann meinte er: »Ich will keinen blanken Scudo mehr haben,«

Marcantonia empfing Vater und Sohn, als ob nichts vorgefallen wäre; als aber Silvio wie gewöhnlich auf ihren Schoß klettern wollte, stieß sie ihn mit einer Gebärde des Abscheus zurück.

Zehntes Kapitel.

Marcantonias Wesen gegen ihren Sohn blieb verwandelt; sie bekümmerte sich nur so viel um das Kind, als unumgänglich nötig war. Der Knabe wurde in wenigen Tagen scheu und furchtsam, verkroch sich vor der Mutter, die er aus großen, erstaunten Augen ansah, und flüchtete zum Vater, bei dem er eine fast leidenschaftliche Zärtlichkeit fand. Einmal fuhr Salvatore seine Frau wild an: »Was hat dir der Knabe gethan?«

Ruhig erwiderte die Mutter: »Lief er nicht gleich zu der fremden Frau? Ließ er sich nicht gleich von der fremden Frau liebkosen und einen goldnen Scudo schenken? Das Kind ist, wie du bist.« Salvatore geriet in Wut.

»Es wäre kein Wunder, wenn wir beide von dir fortliefen.«

Aber diese Drohung wirkte nicht auf Marcantonia. Sie hatte wohl gehört, daß ein Bursche seine Verlobte verließ; doch daß ein Mann von seinem Weibe gehen könnte, war ihr etwas ganz Fremdes. Sie und Salvatore standen miteinander in der Kirche vor dem Priester, der sie eingesegnet hatte; da mußten sie nun fortan ihr Lebenlang zusammenbleiben.

Salvatore befand sich fast immer außer dem Hause. Was seine Thätigkeit auf dem Observatorium anbetraf, so war diese längst auf Marcantonia übergegangen, welche ihr Amt mit derselben Treue erfüllte, wie alle ihre übrigen Pflichten. Zwar ging Salvatore mit der Büchse und dem Hunde aus, aber anstatt zu jagen, trieb er sich zwecklos umher, lag stundenlang auf einer Düne oder in der Macchie, mit offenen Augen träumend: von Frauen aus einer andern Welt als seine schweigsame, fiebergelbe, stumpfe und verwelkte Sabinerin, von Damen mit Pariser Federhüten, Damen, die nach Patschuli dufteten und die Reize besaßen, um derentwillen ein Mann ohne Gewissensbisse einen Mord begehen konnte. Von solchen Bildern verfolgt und umgaukelt, versank Salvatore in dumpfes Brüten über sein verlorenes Leben, verloren, nicht weil er durch eine Blutthat, die ungesühnt geblieben, aufgehört hatte, ein Mitglied der bürgerlichen Gesellschaft zu sein, sondern deshalb verloren, weil er der Mann einer Halbwilden geworden. Oder er brütete über das Leben, das einstmals vor ihm gelegen hatte: die schönste, beneidenswerteste, menschenwürdigste aller Existenzen: das Dasein eines römischen Müßiggängers und Tagediebes, der wundervolle Beruf eines gänzlich unnützen Menschen. Wie herrlich, jeden Morgen spät aufzustehen, sorgfältig Toilette zu machen, dann auszugehen und umherzuschlendern, im Café zu plaudern über alles und nichts, für nichts ein wahres Interesse haben zu müssen, alles mit möglichst blasierten Augen anzusehen, der möglichst diskrete Freund einiger Frauen zu sein und der möglichst indiskrete Liebhaber irgend einer Dame, die gerade von sich reden machte. Um diese schöne Zukunft, für welche er den besten Anfang gemacht hatte, war er für alle Zeiten gekommen.

Und nun dieses Wiedersehen!

Leidenschaftliche Empfindungen, welche die Totenstille der Einsamkeit längst zum Schweigen gebracht hatte, heiße Wünsche, die durch das Leben in der Wildnis und der Unkultur längst erstickt waren, regten sich von neuem in Salvatores Seele, erfüllten den ganzen Menschen mit unbezwinglicher Begierde nach jenen Gütern und Freuden der Welt, denen er bereits entsagt hatte.

Endlich kam der Tag, an dem ihm von Lucia gestattet worden war, sie in Rom aufzusuchen. Wegen seiner Sicherheit war er unbesorgt. Sogar für den Fall, daß einer seiner ehemaligen Bekannten ihm begegnen sollte, konnte er sicher sein, so wenig erkannt zu werden, wie er von Lucia erkannt worden war. In seinem Anzuge aus ungebleichtem Linnen, mit seinem langen Barte würde man ihn für einen wohlhabenden Landmann oder *Mercante de Campagna* halten. Uebrigens konnte er sich jederzeit als Baldassare Leste und Beamter des Königs legitimieren.

Marcantonia sagte er, daß er eine Inspektion der Wachttürme an der Küste gegen Porto d'Anzio hin vornehmen wollte, welche Posten nur durch Strandwächter besetzt waren.

Eine Strecke weit ging Salvatore der Küste entlang, dann veränderte er die Richtung, schritt durch Sumpf, Macchie und Steppe nach Ostia hinüber, erreichte unweit Malafede die römische Landstraße und befand sich bei Anbruch der Dunkelheit in der Stadt.

Das Gewühl der Wagen, das Drängen der Fußgänger und der Lärm des nächtlichen Straßentreibens versetzten ihn in fieberhafte Erregung. Am liebsten wäre er vor jedem Magazin, vor jedem Straßenverkäufer, an jeder Ecke stehen geblieben und hätte sich dem lange entbehrten Genüsse großstädtischen Lebens überlassen. Alles war ihm neu, wunderbar und überraschend.

An einer Hausmauer in der Nähe des Forum Trajanum prangten mächtige bunte Plakate mit den Theateranzeigen. Beim Schein einer Laterne las Salvatore: Im Teatro Valle gab die Gesellschaft Belotti-Bon Nr. 7 die »Prinzessin Georges« von Dumas. Prinzessin Georges – Signora Lucia ... Der Name der Künstlerin war fett gedruckt. Salvatore stand und starrte auf die Buchstaben, bis er sich besann, daß das Theater um neun Uhr anfing. Er nahm also einen Wagen nach der Via della Balle, wo Lucia dem Theater gegenüber wohnte, und erfuhr von einem ältlichen, schmierigen Frauenzimmer, das ihn mißtrauisch musterte, daß die Signora ihn nach der Aufführung in ihrer Wohnung erwartete. Fünf Minuten später saß er auf einer der letzten Bänke im Parterre und sah seine ehemalige Freundin eine vornehme, tugendhafte und geistvolle Frau darstellen.

Nun war Signora Lucia weder eine Marini noch eine Duse, noch eine Pia Marchi; aber sie hatte diesen drei Künstlerinnen allerlei abgesehen. Ueberdies besaß sie Temperament. Ihre Toilette war nicht geschmackvoll, aber prächtig; ihr Spiel nicht charakteristisch, aber routiniert; vor allem behandelte sie den blitzschnellen Uebergang vom höchsten Affekt zum Pianissimo und zur statuarischen Ruhe mit einer solchen Virtuosität, daß das volle Haus in Jubel ausbrach, so oft die Dame dem Publikum den Gefallen that, das beliebte Kunststück zu machen. Am liebsten hätte man gesehen, wenn auf das tosende » Bis! Bis!« die Handlung unterbrochen und die Bravourstelle wiederholt worden wäre.

Salvatore jubelte und jauchzte mit den übrigen. Er war entzückt, Lucias Triumphe versetzten ihn in einen Taumel. Sie sah vortrefflich aus, um zehn Jahre jünger als am Tage des Wiedersehens, an dem sie ihrem verwilderten Liebhaber wie ein Gestirn erschienen. Er merkte sehr wohl, daß sie auch für andre ein begehrenswertes Weib war; besonders einige sehr jugendliche Exemplare der *Jeunesse dorée* verrieten starken Enthusiasmus. Salvatore fühlte es in sich wie

Feuer; voller Wonne dachte er daran, daß er um dieser Frau willen einen von jenen umgebracht hatte, um sich gleich darauf durch die Vorstellung zu foltern, wie diese Frau, nachdem er um ihretwillen einen Mord begangen, andern gehört hatte. So kam es, daß Salvatore in den Zustand von Leidenschaft, Eifersucht und Wut geriet, dem er kurz vor der That verfallen gewesen und der ihn in der ersten Zeit nach seiner Flucht dem Wahnsinn nahe gebracht hatte.

Endlich war das Stück aus; das Publikum applaudierte frenetisch, das Haus leerte sich; Salvatore begab sich in eine nahe Liquorista, wo er stehenden Fußes einige Gläser Wermut hinunterstürzte und dann sogleich Lucia aufsuchte, bei der er indessen noch nicht vorgelassen wurde. Er mußte eine halbe Stunde warten, was ihn vollends in Fieber versetzte.

Lucia empfing ihn in dem Nachtgewande, darin sie den letzten Akt der »Kameliendame« zu spielen pflegte. Sie warf sich dem Eintretenden an die Brust, küßte ihn heftig, raunte ihm zu, daß sie vor Sehnsucht beinahe gestorben wäre und daß sie ihm jetzt vergelten wollte, was er um ihretwillen gelitten hatte.

Es dauerte eine Weile, bevor Salvatore im stande war, etwas Sinn in seine Reden zu bringen. Auch die Umgebung der Göttin – ein echt römisches » *appartamento mobiliato*« mit gelbseidenen Vorhängen, hochroten Möbeln und grüner Tapete – dünkte dem Bewohner von Torre San Michele etwas ganz Unirdisches zu sein. Die Beleuchtung dieses Elyseums war keine allzu glänzende – ein Umstand, welcher den Reizen der Tragödin jedenfalls zu gute kam. Sie saß neben ihm auf dem Sofa; auf dem Tische stand ein Fiascho edlen Orvietoweines und ein Teller mit Ciambelli.

»Was macht der Knabe?«

»Er lief mir nach, als ich fortging. Aber wir wollen nicht von dem Kinde sprechen.«

»Nein, von der Mutter.«

»Laß doch das.«

»Du mußt mir alles über sie sagen.«

»Du weißt schon alles.«

»Noch nicht, wie sie deine Frau geworden ist.«

»Auf die einfachste Weise.«

Und Salvatore erzählte. Mit gespannter Aufmerksamkeit hörte Lucia zu. Dann rief sie: »Aber du bist ja gar nicht mit der Person verheiratet!«

»Wie?«

»Die Ehe ist ungültig.«

»Ungültig – –«

»Man merkt, daß du wie ein Wilder gelebt hast. Als du deine Sabinerin heiratetest, bestand in Italien längst die Civilehe; jener Priester durfte euch gar nicht trauen, bevor nicht der Staat euch getraut hatte. Vor dem Gesetze ist deshalb deine Ehe null und nichtig. Uebrigens ist das ganz gleich. Du hättest ja doch nicht länger mit diesem vertierten Wesen zusammenleben können.«

Salvatore stand auf.

»Du hast recht, es ist ganz gleich.«

Sie teilte ihm nun mit, daß sie den Fürsten ins Vertrauen gezogen; daß der Fürst sich sehr für ihn interessiere, indessen der Meinung sei, es würde sich in der Sache kaum etwas machen lassen, da es schließlich ein Totschlag gewesen.

»Wenn es unter dem Kirchenstaate geschehen wäre, würde es weiter keine Schwierigkeiten gemacht haben, meinte der Fürst; aber mit dieser Regierung sei nichts anzufangen. Es thut ihm aufrichtig leid, denn du hast ihm gefallen. Er begriff nicht, warum du nicht in Amerika geblieben bist.«

»Weil ich in dem Lande sein wollte, wo du warst; weil ich dich wiedersehen wollte; weil ich vor Liebe, Eifersucht und Qualen halb wahnsinnig war.«

Sie zog ihn zu sich herab und küßte ihn. Dann fragte sie: »Daß du später nicht auf den Gedanken kamst, Europa ein zweites Mal zu verlassen?«

Salvatore, sie mit verzehrenden Blicken betrachtend, murmelte, daß er wirklich nicht auf den Gedanken gekommen sei.

»So denke jetzt daran.«

»Jetzt – –«

»Nun ja. Dein Kind nimmst du mit, um das Weib kümmerst du dich nicht.«

»Und du?«

Sie lächelte: »Ich begleite dich.«

»Lucia!«

Nun setzte sie ihm ihren Plan auseinander. Sie hatte vor, ihr Verhältnis zur Gesellschaft Belotti-Bon zu lösen, selbständig eine Truppe zusammenzubringen und mit dieser als »Star« nach Amerika zu gehen. Bereits hatte sie glänzende Anerbietungen erhalten, bereits im geheimen Vorbereitungen getroffen und bei einem Pariser Schneider, der zuweilen für Sarah Bernhardt lieferte, große Bestellungen gemacht. Doch es fehlte ihr noch eine Persönlichkeit, unter deren Schutz sie sich stellen konnte, denn auf den Impresario sei kein Verlaß. Salvatore war ganz der Mann, den sie suchte. Er kannte Amerika, er liebte sie – ob er mit ihr gehen wollte?

»Ja. Unter einer Bedingung.«

»Nun?«

»Als dein Mann.«

Sie lachte, sie wollte sich ausschütten vor Lachen; dann küßte sie ihn, und dann lachte sie wieder. Aber Salvatore machte ein Gesicht, daß ihr das Lachen verging. Sie ward still, schien zu überlegen, fragte ihn, ob er es im Ernst meinte.

Im Ernst! Da seine Ehe mit der Sabinerin keine Gültigkeit hatte, wollte er Lucia heiraten.

»Aber in aller Welt, warum?«

»Damit ich nicht wieder deinetwillen zum Mörder werde, damit du mir ausschließlich gehörst, damit ich alle Rechte auf dich besitze.«

Sie hätte beinahe wieder gelacht.

»Was du für ein närrischer Mensch bist. Zuerst heiratest du eine Wilde, dann willst du mich zur Frau nehmen.«

»In aller gesetzlichen Form.«

»Es ist zu komisch. Aber wenn du durchaus willst und weil ich wirklich viel an dir zu vergelten habe – – Ueberlege es dir lieber noch einmal.«

Das wollte er aber nicht. Er blieb dabei: nur unter dieser Bedingung käme er mit ihr.

»Meinetwegen denn! Meinetwegen können wir uns in Amerika heiraten. Da fällt mir etwas ein: ich erzähle drüben die ganze Sache einem Reporter, und ich habe eine Reklame, mit der ich selbst gegen diese magere Sarah aufkommen kann. Sarah hat keinen Mann, der aus Eifersucht einen Mord begangen, sieben Jahre in einer Wildnis gelebt und der sie schließlich doch noch geheiratet hat. Es ist wirklich ein prächtiger Gedanke von dir.«

»Ich liebe dich; das ist das einzige, was ich dabei gedacht habe.«

»Uebrigens mache ich auch eine Bedingung.«

»Welche?«

»Daß ich das Kind bekomme.«

»Ich soll Marcantonia das Kind nehmen?«

»Nun ja.«

Er versuchte, ihr diesen Gedanken auszureden, aber vergebens. Sie bestand darauf, der Sabinerin den Knaben zu nehmen; behauptete, eine leidenschaftliche Liebe für Silvio gefaßt zu haben, und bekannte, die heftigste Sehnsucht nach einem Kinde zu empfinden. Genug, sie wollte den Knaben haben.

»Da dieses Weib gar nicht deine Frau ist, kann sie dir das Kind nicht verweigern. Sollte dir die Sache sehr peinlich sein, so brauchst du sie ja nur heimlich mit dem Kinde zu verlassen, denn sie wird sich natürlich wie eine Furie gebärden. Was sagst du?«

Er hatte nur gesagt, daß er Marcantonia nicht heimlich verlassen wollte.

»Wie du willst. Aber ich bin müde.«

Elftes Kapitel.

Salvatore sah sich noch für einige Zeit zu seinem Leben in der Einsamkeit verdammt, denn vor dem Ende der Saison vermochte Lucia ihre Verpflichtungen bei der Compagnia Belotti-Bon nicht zu lösen. Bis zur Zeit ihres Austrittes hoffte sie die hauptsächlichsten Engagements ihrer Truppe vollendet zu haben und wollte sich dann im Juli mit ihrem Künstlerpersonal nach irgend einer umbrischen oder toscanischen Stadt begeben, wo die für Amerika bestimmten Stücke, die sämtlich dem französischen Repertoire entnommen waren, einstudiert werden sollten. Es war bestimmt, daß die Gesellschaft im Oktober sich in Livorno einschiffen würde; dort sollte Salvatore mit der Geliebten zusammentreffen.

Er sah sie jede Woche; jede Woche begab er sich nach Rom, sah sie im Theater spielen, kam nach der Vorstellung zu ihr, blieb so lange, bis sie ihn forttrieb. Wenn sie es gestattet hätte, wäre er überhaupt nicht gegangen; aber sie gestattete es nicht.

Sie hatte ihn bald vollständig unterjocht, ließ alle ihre Launen an ihm aus, behandelte ihn als ihren Sklaven, als ihr Geschöpf, hielt mit ihrer Gunst zurück, quälte ihn, bis sie ihn halb toll gemacht, um sich ihm dann schrankenlos zu ergeben, mit einer solchen Liebesgewalt ihn umstrickend, daß er alle Besinnung verlor.

War der Paroxysmus bei ihr vorüber, so schien er ihr unausstehlich, verhaßt und widerwärtig zu sein: in solcher Stimmung pflegte sie zu sagen: »Ich bin eine Närrin, daß ich dich nicht fortjage, zurück zu deiner Sabinerin. Meinetwegen brauchst du dein braunes Weib nicht zu verlassen, meinetwegen wahrhaftig nicht! Ich würde dich auch gar nicht mehr in mein Zimmer lassen, wenn du nicht das Kind hättest. Ich will das Kind haben, ich bin in das Kind verliebt, nicht in dich. Geh mir aus den Augen! Hörst du nicht, du sollst dich fortscheren. Was ist das für ein Mann! Das sollte ich einem andern sagen.«

Machte er einmal den Versuch, sich aus seiner Erniedrigung zu erheben und ihr etwas männliche Würde zu zeigen, so verstand sie es meisterlich, durch eine leidenschaftliche Liebkosung ihn sich sogleich wieder ebenbürtig zu machen.

Befand Salvatore sich in Torre San Michele, so führte er ein Höllenleben. Sogar das Jagen war ihm verleidet. Entweder trieb er sich mit den Hirten, Fischern und Kohlenbrennern umher, oder er lag auf seinem Bette, tobte gegen Marcantonia und war selbst gegen den Knaben brutal. Ging er nach Rom, so suchte er nicht länger eine Ausrede, sondern entfernte sich ohne ein Wort, blieb tagelang aus, kam jedesmal mit immer finstererem Gesichte, in immer wilderer Stimmung zurück.

Marcantonias Wesen dagegen hatte sich seit dem Besuche der Fremden um nichts geändert; gleichmütig verrichtete sie ihre Arbeit, gleichmütig ertrug sie die Launen ihres Mannes, gleichmütig nahm sie es hin, daß ihr Fieber stärker wurde und sie mehr und mehr hinsiechte. Salvatore bemerkte ihren jammervollen Zustand sehr wohl: ihr gelbes Gesicht, ihre glühenden Augen und ihre tiefe Ermattung gewahrend, schoß es ihm durch den Sinn: vielleicht brauchst du es ihr gar nicht zu sagen, vielleicht geht sie diesen Sommer darauf. Es wäre immerhin besser für sie, als zu erfahren, daß sie gar nicht mein Weib ist und daß ich mit dem Knaben davongehen will. Doch gab er ihr täglich Chinin, beobachtete aber ängstlich die Wirkung der Arznei und atmete erleichtert auf, als keine Besserung eintrat. Täglich erkundigte er sich nach ihrem Befinden und erhielt täglich die Antwort, daß es ihr nicht schlecht ginge. Bisweilen dachte er darüber nach, ob sie wohl wüßte, wohin und zu wem er so häufig ging. Da sie indessen niemals eine Aeußerung that, nahm er an, daß sie sich in ihrer Stumpfheit überhaupt keine Gedanken über seine häufige und lange Abwesenheit machte. Bei ihrem Charakter hätte sie ihm durch ihre Eifersucht das Leben wohl vollends vergällt; er hatte es ja erlebt, wie bestialisch sie sein konnte, damals, als Lucia Silvio liebkoste und der Knabe sich gegen die Fremde zutraulich bezeigte. Sie hatte ihrem Sohne noch immer nicht vergeben, noch immer zeigte sie ihm eine starre Miene. Sie war und blieb eben ein wildes Geschöpf, dem Salvatore das Kind gar nicht lassen durfte, selbst wenn Lucia keine so unbegreifliche Zärtlichkeit für den Knaben gefaßt hätte. Auch das mußte bedacht werden: gesetzt den Fall, das Fieber ließ Marcantonia diesen Sommer noch am Leben, so würde sie doch im nächsten Jahre unfehlbar daran zu Grunde gehen. Und was sollte dann aus Silvio werden?!

Salvatore hatte recht mit seiner Annahme, daß Marcantonia nichts von seinen Heimlichkeiten ahnte. Sie hatte kein Reflexionsvermögen, nur Instinkte. Ihr Instinkt sagte ihr sehr wohl, daß sie ihrem Manne längst keine Leidenschaft mehr einflößte; er verriet ihr aber nicht, daß Salvatore ihr treulos sei. Denn alles in diesem Frauengemüte war Ursprünglichkeit, war einfach und unkompliziert; für einen Ehebruch fehlte ihr jeder Begriff. Und vollends unverständlich wäre ihr eine Leidenschaft ihres Mannes für jene Frau gewesen, deren Art für sie etwas so Fremdes, ihrer Natur Feindseliges hatte, daß sie gar nicht darauf kam, sie mit sich und ihrem Leben in Zusammenhang zu bringen. Etwas ganz anderes war es gewesen, als sie ihr Kind in den Armen der Fremden gesehen, als sie gesehen hatte, wie ihr eigenes Fleisch und Blut sich von ihr abwendete; da war etwas in ihr erwacht, da hatte sie ihr Eigentum mit der Wildheit einer Wölfin an sich gerissen.

Sie vermochte nicht über eine Sache zu sinnen und zu grübeln. Ihr Bruder hatte das Fieber gehabt, sie hatte für seine Genesung der Madonna eine Wallfahrt gelobt und ein Paar geweihter Wachskerzen geschenkt, und – ihr Bruder war gestorben. Also war ihr von der Madonna unrecht geschehen ... Salvatore hatte nachts in ihre Hütte steigen wollen, und sie hatte auf ihn geschossen. ... Er hatte sie zum Weibe begehrt, und sie war sein Weib geworden. Er hatte ihr erzählt, daß er um einer Frau willen jemand getötet, und sie hatte sich dabei nichts andres gedacht, als daß ihr Mann sich vor den verd ... Carabinieri hüten mußte. Ihr Mann schlug sie – dazu hatte er das Recht; sie hatte das Fieber – das Fieber hatten hundert andre; sie würde vielleicht daran sterben – auch die andern starben daran.

Inzwischen ward es Hochsommer. Die Einwohner von Ostia und Portus wanderten aus, die fremden Schnitter und Kohlenbrenner zogen davon. Das versengte Land ruhte im Sonnenbrande unter fahlem Himmel, wie von allem Leben verlassen.

Lucia war fort von Rom. Sie hatte Salvatore den Tag ihrer Abreise verheimlicht. Er fand in Rom die Wohnung verschlossen und erfuhr, daß die Tragödin nach Rimini gegangen. Dorthin schrieb er ihr; es war ein Brief voll wahnwitziger Leidenschaft. Ihr zu folgen, wagte er nicht; hatte sie doch gedroht, ihn fortzujagen, ließ er sich eher blicken, als sie es gestattete. So wartete er denn in Torre San Michele auf ihren Ruf. In unerträglicher Oede schlichen ihm die Tage dahin. Es war gut, daß die Gluten ihn beinahe betäubten und er die Stunden in halber Bewußtlosigkeit verbrachte. Marcantonias Anblick ward ihm mehr und mehr verhaßt; er gab ihr kein Chinin mehr und hoffte von Tag zu Tag, daß das Fieber sie hinraffen würde. Auf seinen Sohn war er eifersüchtig, weil Lucia das Kind liebte.

Eines Tages erfuhr er durch einen Hirten, daß in Fiumicino ein Brief für ihn liege. Ohne sich erst nach Hause zurückzubegeben, machte er sich auf den Weg und holte sich Lucias nach Patschuli duftendes Billet, das er mit zitternden Händen öffnete und mit schwerem Atem las. Lucia schrieb, es stünde alles vortrefflich – sie habe mit einem Impresario einen glänzenden Kontrakt abgeschlossen, eine vortreffliche Truppe engagiert, und es seien die Proben bereits in vollem Gange. Sie schien von ihrem ersten Liebhaber ganz entzückt zu sein; er war ein blutjunger Mensch mit großem Talent, das sie irgendwo entdeckt hatte.

Salvatore zerknitterte den Brief, knirschte mit den Zähnen, murmelte einen Fluch nach dem andern, faßte sich dann mühsam und las weiter.

Sie erwartete ihn am 18. Oktober, aber nicht, wie bestimmt gewesen war, in Livorno, sondern in Rom. Daß er ja den Knaben mitbrächte!

Noch in Fiumicino beantwortete Salvatore diesen Brief: Am 18. Oktober würde er in Rom sein – mit dem Knaben. Aber er würde den Knaben seiner Mutter wieder zurückbringen, falls sie sich weigern sollte, anstatt erst in Amerika noch hier seine Frau zu werden. Nach Absendung dieses Briefes wurde Salvatore um vieles ruhiger.

Am Abend des 16. Oktobers begab er sich nach Crocetta. Von den drei Mönchen, die vor fünf Jahren in dem einsamen Heiligtum gehaust hatten, waren zwei am Fieber gestorben. Aber der Priester lebte noch. Nach den ersten hergebrachten Fragen und Antworten ging Salvatore ohne Umschweife auf die Sache über: »Hört, Bruder! Ihr erinnert Euch doch noch, daß Ihr mich vor fünf Jahren mit einer Sabinerin getraut habt?«

Der Bruder entsann sich noch recht gut; er war für die Trauung sogar bezahlt worden, und ohne daß ihm etwas abgehandelt worden war.

»Wie geht's Eurem Weibe?«

Salvatore fuhr auf: »Schwatzt Ihr auch von meinem Weibe?« Darauf gemäßigter: »Ihr habt mir da eine schöne Sache angerichtet. Mein Weib – als ob Ihr nicht sehr gut wüßtet, daß die Frau gar nicht mein Weib ist, daß Ihr uns gar nicht verheiraten durftet, daß Ihr damit eine ungesetzliche Handlung begangen habt. Wenn meine Heirat in Rom zur Anzeige käme, würdet Ihr schwer gestraft werden; das würdet Ihr!«

Der gute Alte erschrak. Allerdings hatte der Staat über den Akt der christlichen Eheschließung gewisse Bestimmungen getroffen und sogar ein Gesetz erlassen; freilich brauchte die Kirche sich um die Gebote des Staats nicht zu kümmern; im Gegenteile: diese Gesetze zu übertreten verdiente Gotteslohn. Indessen sich verantworten zu sollen, wegen seines Gehorsams gegen Gott irdische Strafe zu erleiden – das war für einen alten, fieberkranken Mann ein großes Unglück.

»Nun, was sagt Ihr?«

Einstweilen gar nichts, einstweilen seufzte der gute Bruder nur; endlich gestand er: »Es dürfte Euch und der Marcantonia beim Staate allerdings nichts helfen, daß ich euch getraut habe, obgleich die Handlungsweise des Staates eine schwere Sünde gegen Gott und die Kirche ist.«

»Mit andern Worten: Ihr räumt ein, daß die Ehe zwischen mir und der Sabinerin ungültig ist?«

»Vor dem Herrn sicher nicht; indessen –«

Aber Salvatore ward ungeduldig,

»Ihr räumt es ein? Oder muß ich mich deswegen in Rom auf dem Kapitol erkundigen?« Das war nicht nötig! der Mönch räumte die Sache ein.

»Dann kommt mit mir.«

»Wohin?«

»Nach Torre San Michele.«

»Was soll ich dort?«

»Ihr sollt dort die Sache bestätigen, der Sabinerin gegenüber. Ihr sollt Marcantonia die Sache erklären. Ich würde es ihr doch nicht begreiflich machen können; mich würde sie gar nicht verstehen. Es ist ein dummes Geschöpf.«

»Warum muß sie es überhaupt erfahren?«

»Warum?«

»Sie kann Euer Weib bleiben, wie sie es bisher gewesen ist. Was geht das den Staat an?«

»Aber mich geht es etwas an.«

»Euch –«

»Weil ich mir ein andres Weib nehmen will. Begreift Ihr jetzt?«

Der Mönch begriff. Da er die Sache nicht ändern konnte, begnügte er sich damit, aus tiefstem Herzen zu seufzen.

Die beiden gingen.

Zwölftes Kapitel.

Spät abends langten sie beim Turm an. Der Knabe schlief bereits, Marcantonia wartete am Herde, auf dem das Wasser für die Ölsuppe kochte. Sie hatte spinnen wollen, aber das Fieber war so heftig, daß die Spindel ihren Händen entfiel.

Daß sie nicht mehr im stande war, die Spindel zu halten, hatte auf das arme Weib einen tiefen Eindruck gemacht. Nun saß sie mit dem Kopfe gegen die Wand gesunken, blickte vor sich hin und dachte, daß fortan ihr Mann noch mehr Grund und Recht hatte, sie zu schelten und zu schlagen: ein Weib, das nicht einmal mehr spinnen konnte, verdiente nichts andres. Da sah sie ihren Mann mit dem Mönche kommen; nun würde sie eine Frittata backen müssen.

Mühsam erhob sie sich, trat unsicheren Schrittes auf den Bruder zu, griff nach seiner Hand, auf die sie einen demütigen Kuß drückte. Sie nahm sich vor, später das Kind zu wecken, damit der Mönch es segne; nicht etwa, daß Marcantonia davon etwas besondres Gutes für ihren Sohn erwartete; aber es war so der Brauch.

»Gib uns zu essen und zu trinken,« gebot Salvatore.

Während sie die Frittata und die Oelsuppe bereitete, redete sich Salvatore immer mehr in Aufregung hinein, obwohl der Bruder ihm in nichts widersprach und nur einigemal wie zu sich selbst die Bemerkung machte, daß »es« gottlos sei. Dann war das Essen fertig, Marcantonia brachte Ricotto, Brot und Wein, die Männer aßen und tranken, die Frau hockte sich in den dunkelsten Winkel nieder, damit Salvatore nicht sehen sollte, daß sie müßig war und von der geringen Mühe des Kochens ausruhen mußte. Sie sah zu, wie der Mönch die Speisen fast allein aufaß, ihr Mann dagegen beinahe allen Wein trank. Nun würde sie morgen nach Fiumicino hinüber müssen, um neuen Wein zu holen; wenn sie recht viel Chinin nahm, würden ihre Kräfte vielleicht ausreichen. Plötzlich rief Salvatore mit heiserer Stimme: »Jetzt habt Ihr genug gegessen, jetzt sagt ihr's.«

Er stürzte sein letztes Glas hinunter, stand auf und warf sich auf das Bett. Der Mönch schluckte den Bissen hinunter, seufzte kläglich und schickte sich zum Reden an: »Nun ja, ich sag's ihr. He, Marcantonia, Marcantonia, wo steckst du?«

Marcantonia wollte aufstehen und zum Herd kommen; aber der Mönch rief ihr zu, zu bleiben, wo sie war. Also blieb sie. Der Bruder begann: »Es ist sündhaft, meine gute Marcantonia, es ist gottlos! Ich meine die Regierung und wie die Regierung mit der Kirche und den Geboten Gottes verfährt. Du weißt doch, daß sie in Rom den heiligen Vater gefangen halten und daß sie den lieben Heiligen ihre Häuser fortnehmen, und daß die Regierung wie ein wahrer Teufel uns arme Mönche und Diener des Herrn verfolgt. Nicht wahr, meine gute Marcantonia, du hast von der Regierung gehört, denn du bist doch schließlich auch eine Christin?«

Marcantonia hatte von der Regierung gehört; ihr Mann fluchte genug auf die Regierung. Was diese Regierung eigentlich war, davon hatte sie sich niemals eine Vorstellung gemacht; wie sollte sie? Niemand verlangte das von ihr. Dem Mönch genügte indessen, daß sie von jenem Höllengeist gehört hatte. Er fuhr fort: »Daran kannst du erst erkennen, wie es jetzt in der Welt zugeht, wie die Kirche Unrecht leiden muß und wie das Reich des Satans auf Erden das Regiment führt. Nämlich: ich habe dich doch mit diesem Manne verheiratet. Du bist doch dieses Mannes Weib, vielmehr: du glaubst es zu sein. Nicht wahr, meine arme Marcantonia, du glaubst es?«

Marcantonia glaubte es.

»Nun siehst du, du glaubst es. Es würde auch so sein, wie du glaubst, und alles wäre in Ordnung. Da kommt nun aber dieser Teufel von Staat und sagt: Wie, was, die Marcantonia soll die Frau des Sor Baldassare sein? Den Teufel auch! Wer hat denn der Marcantonia gesagt, daß sie die Frau des Sor Baldassare sei? He, wie? Was meint denn die Marcantonia? Der Padre Agostino von Crocetta hätte sie mit dem Sor Baldassare verheiratet? Das Fieber soll den Kerl holen! Was hat der Kerl die Marcantonia mit dem Sor Baldassare zu trauen, wie kommt der Kerl dazu; was untersteht sich der Kerl? Hat er etwa die Papiere gehabt? Haben die Marcantonia und der Sor Baldassare ihm die Papiere gebracht, daß der Staat sie miteinander verheiratet hat? He, Marcantonia, brachtest du dem Padre Agostino die Papiere?«

Marcantonia hatte dem Padre Agostino keine Papiere gebracht, Marcantonia wußte nichts von Papieren, gar nichts! Sie saß da, stierte nach dem Mönch hinüber, hörte und – nun, sie hörte eben.

Padre Agostino geriet in Aufregung.

»Ja, meine arme Marcantonia, wenn du dem Padre Agostino keine Papiere gebracht hast – sagt der Teufel von Staat – so kann ich dir nicht helfen; dann steht die Sache schlimm: dann hat der Kerl von Mönch gar nicht das Recht gehabt, dich mit dem Sor Baldassare zu verheiraten, dann soll diesen Halunken von Pfaffen der Teufel holen: dann bist du gar nicht die Frau des Sor Baldassare, sagt der Satan von Staat zu dir. Verstehst du, meine arme Marcantonia?«

Aber Marcantonia verstand nichts, kein Wort verstand sie! Sie sollte nicht die Frau ihres Mannes sein; sie, die sie in einer Kirche von einem Priester mit ihrem Manne getraut worden war, die sie ihrem Manne einen Sohn geboren hatte, die sie ihrem Manne ein treues und gehorsames Weib war. Nein, gar nichts von allem verstand sie!

Dem Mönch trat der Schweiß auf die Stirn. Er jammerte über die Unbill, welche die Kirche zu erleiden hatte, zeterte gegen den Beelzebub von Staat, der in Rom vor dem Hause des heiligen Vaters sein höllisches Unwesen trieb, schalt auf Salvatore und Marcantonia, daß sie ihm die »Papiere« nicht gebracht, ihn belogen und betrogen hatten, versuchte nochmals der Sabinerin die Sache auseinanderzusetzen und zu erklären: sie sei nicht das Weib ihres Mannes, sondern nur seine Geliebte – so sagte der Satanas von Staat.

»Und siehst du, meine arme Marcantonia, wenn Sor Baldassare morgen nach Rom ginge und heiraten wollte, so kann er das thun, und der Staat sagt zu ihm: Ihr könnt Euch zu jeder Zeit eine Frau nehmen, mein werter Sor Baldassare; nur müßt Ihr zuerst zu mir kommen. Nachher könnt Ihr mit Eurer Frau hingehen, zu wem Ihr wollt, meinetwegen zum Padre Agostino nach Crocetta. Kein Teufel kann dann jemals machen, daß Eure Ehe ungültig ist und Ihr auf einmal keine Frau mehr habt. So ist es, meine arme Marcantonia. Es ist sündhaft, es ist gottlos; aber was sollen wir arme Mönche dabei thun? Das wirst du doch einsehen. Nicht wahr, meine Tochter, du siehst es ein?«

Sah Marcantonia es ein? Sie war aufgestanden und wie ein wandelndes Steinbild bis zum Herde vorgeschritten, dessen verglimmende Gluten einen grellen Schein auf sie warfen, auf ihr fahles Gesicht, auf ihre schlaff niederhängenden Hände. Salvatore hatte sich in die Höhe gerichtet; er hielt den Atem an und wendete kein Auge von dem Weibe.

Marcantonia sagte langsam: »Geht er morgen nach Rom und nimmt eine andre zur Frau?«

Der Mönch rief: »Nicht doch! Nicht doch! Es sollte nur ein Beispiel sein, um dir die Sache begreiflich zu machen. Wie kannst du so etwas denken? Ich sagte dir nur, wie der Staat, dieser Höllengeist, zu ihm reden würde: Sor Baldassare, Ihr könnt Euch jederzeit eine Frau nehmen; denn die Marcantonia ist nicht Eure Frau. Er könnte, meine Tochter, aber er will nicht. Nicht wahr, Sor Baldassare, Ihr wollt nicht? Sagt diesem guten Geschöpf, daß Ihr keine andre zur Frau nehmen wollt, daß sie Euch dauert, daß Ihr auch wütend seid auf diesen Teufel von Staat. Aber was könnt Ihr dabei thun?«

Nein, Salvatore konnte nichts dabei thun! Auch das mußte Marcantonia einsehen; sie mußte ferner einsehen, wie großmütig es von ihm war, morgen nicht nach Rom zu gehen und eine andre zur Frau zu nehmen.

Der Mönch redete noch viel, Marcantonia dagegen sagte kein Wort. Sie hatte sich nach Salvatore umgewendet und sah ihn an, steif und starr. Dann brach der Mönch auf, denn es ward ihm unheimlich in der Gegenwart dieser regungslosen Frauengestalt, unter dem Blicke dieser glühenden Augen, beim Schweigen dieser blassen, wie im Tode geschlossenen Lippen. Er wollte ihr zum Abschied seinen Segen geben, doch sie mochte seinen Segen nicht haben; sie sagte das nicht, aber ihr Blick wies ihn zurück, ihr Blick sagte ihm: Ich will nicht von dir gesegnet sein, du falscher Priester eines falschen Gottes.

Der Mönch stand bereits an der Thür, als Salvatore vom Bette aufsprang.

»Ich gehe mit Euch.«

»Dank Euch, Sor Baldassare; indessen, ich bedarf Eurer Begleitung nicht.«

»Die Nacht ist dunkel, Ihr habt einen weiten Weg und könntet leicht in die Sümpfe geraten.«

»Wie Ihr wollt.«

»Einen Augenblick wartet noch. Ich will nur meine Büchse holen.«

»Wollt Ihr in der Nacht jagen?«

»Vielleicht kommt mir ein Wildschwein vor den Schuß, auch streichen in den Sümpfen die Schnepfen. Es ist ohnedies Mitternacht vorüber.«

Kaum hatten die beiden den Turm verlassen, als Salvatore mit einem hastigen »Gute Nacht!« sich von dem Mönch trennte. Ohne einen Schuß zu thun, trieb er sich bis zum Tagesgrauen in der Steppe umher, kehrte endlich ermattet zurück, doch wagte er nicht, das Haus zu betreten, darin sein Sohn und die Mutter seines Sohnes, die nicht sein Weib war, bei einander schliefen. Er irrte um den Turm wie ein Mörder, den es nicht losläßt von der Stätte, wo der blutige Leichnam liegt, der sich Gewalt anthun muß, nicht nachzusehen, ob die Kugel sein Opfer auch wirklich ins Herz getroffen.

Dreizehntes Kapitel.

Marcantonia blieb eine lange Weile auf demselben Fleck stehen und sah zu, wie das Feuer verglimmte. So oft die Flamme aufzuckte, dachte sie: bist du noch nicht tot? Was du für ein zähes Leben hast! Mach schnell, daß du ausbrennst. He, willst du? ... Als es auf dem Herde dunkel ward, fror es sie. Sie begab sich in ihren Winkel zurück, umschlang ihre Kniee, drückte den Kopf darauf und verharrte die ganze Nacht über in dieser Stellung. Sie schlief nicht, aber sie wachte auch nicht; sie hatte ihr Bewußtsein, aber sie war doch ohne Besinnung. In diesem Zustande vernahm sie jedes Geräusch: das Brausen des Meeres, das Rauschen des Nachtwindes, im Turm das klagende Geschrei der Eulen, das Rascheln der Mäuse, das heisere Bellen einer wilden Katze; in der Kammer regte sich das Kind im Schlaf,

Einmal fiel ihr ein: Dein Mann ist noch nicht zurück, du mußt auf deinen Mann warten. Aber der Mönch hatte ja gesagt, daß – –

Und von neuem verwirrten sich ihre Gedanken. Dann wieder schien es ihr, als wäre sie mit ihrem toten Bruder zusammen, sie waren beide noch Kinder und mit der Herde auf den Gennaro gezogen. Sie standen droben auf dem Gipfel, sahen unter sich das ganze Land, sahen die Meeresküste und wurden auf einmal beide in ein Paar schneeweißer, wilder Schwäne verwandelt. Als sie aber aufsteigen wollten, stürzten sie in die Tiefe und zerschmetterten am Gestein.

Marcantonia fuhr zusammen und begann leise zu wimmern. Plötzlich sagte sie ganz laut: »Du bist nicht tot, aber du hast das Fieber und wirst sterben. Das thut nichts, denn dein Bruder ist auch gestorben und wartet auf dich im Fegefeuer. Die Madonna soll aber nicht für uns bitten. Amen.«

Es war heller Tag, als Marcantonia mühsam den Kopf erhob. Sie sah verwirrt um sich und stierte so lange auf den breiten Streifen Sonnenscheins, der durch die Fensterluke in das Gemäuer fiel, bis sie sich auf das Geschehene besonnen hatte: Sie war nicht das Weib ihres Mannes, ihr Sohn war nicht das rechtmäßige Kind seines Vaters, die Menschen hatten sie belogen und betrogen, belogen und betrogen hatte sie die Madonna – weder auf Erden noch im Himmel gab es Gerechtigkeit.

Sie wollte aufstehen und fiel der Länge nach hin.

Der Knabe erwachte, rief nach seiner Mutter und kam endlich im Hemdchen herabgelaufen, sah seine Mutter auf dem Boden liegen, begann zu weinen und schrie: »Vater! Vater! Komm schnell! Die Mutter ist tot!«

Da stöhnte Marcantonia auf und erhob sich.

In demselben Augenblick trat Salvatore ein. Er hatte am Morgen einen Entschluß gefaßt, war nach dem alten Ostia gegangen, um dort den Wächter der Ruinen, einen jungen Soldaten, der durch eine Unvorsichtigkeit mit dem Gewehre dienstunfähig geworden, aufzusuchen. Mit diesem hatte er eine lange Unterredung gehabt.

Ohne Marcantonia anzusehen, fragte er das Kind: »Warum schreist du so, Silvio?«

Der Knabe schluchzte: »Ich glaubte, die Mutter sei tot, und fürchtete mich. Da stand sie auf.«

Salvatore schickte ihn in die Kammer.

»Zieh dein Röckchen an und laufe hinaus. Wir gehen zusammen mit Garibaldi auf die Vogeljagd; du darfst den Sack tragen.«

Silvio jubelte auf. Um den Festtag vollkommen zu machen, schnitt Salvatore ein großes Stück Brot ab, goß reichlich Öl darauf und gab es dem Kinde. Brot mit Öl und nachher mit Garibaldi und dem Vater Vögel schießen gehen und den Sack tragen dürfen – der Knabe war selig.

Als er in der Kammer war, machte Salvatore hinter ihm zu und sagte zu Marcantonia: »Du hast gehört, wie es mit uns beiden steht, und scheinst ja auch ganz ruhig darüber zu sein; es wäre daher am besten, wenn du heute noch gingst.«

»Wohin?«

Statt darauf zu antworten, meinte er: »Hier bleiben könntest du so wie so nicht, da ich fortgehe.«

Sie fragte wieder: »Wohin?«

»Fort! Hier mag ein andrer Wächter sein. Ich habe es satt. Warte.«

Er stieg in den Turm hinauf, kam aber bald wieder zurück und fand sie noch auf dem gleichen Flecke stehen.

»Hier.«

Er gab ihr Geld.

»Es ist fast alles, was ich besitze. Du sollst nicht sagen können, daß du wie eine Ciocciara von mir fortgegangen seiest. So nimm doch.«

Marcantonia nahm mechanisch das Geld, ließ es jedoch gleich wieder fallen. Salvatore dachte: sie wird sich schon bücken. Diese Weiber kenne ich! Nach einer Weile sagte er, sich dabei abwendend: »Ich habe heute schon mit dem Chechino gesprochen – dem Chechino ist's recht, wenn du zu ihm kommst.«

»Was soll ich beim Chechino?«

»He nun – –«

Sie wiederholte ihre Frage: »Was soll ich beim Chechino?«

»Ihm das Haus besorgen.«

Salvatore erwartete, daß sie »wild« werden würde; sie blieb indessen auch jetzt ruhig.

»Wie es scheint, willst du nicht zum Chechino? Nun, wie es dir beliebt. Er ist ein guter Mensch, der dich besser behandeln würde als ich. Aber du kannst thun und lassen, was du willst. Du wirst wohl in deine Heimat gehen? Das wird auch das beste sein. Geld bringst du ja mit; es wird dich gleich einer heiraten wollen, und für dein Fieber ist's auch gut, wenn du wieder da droben bist.«

Schweigend, mit schweren, schleppenden Schritten ging sie und packte ihre Sachen zusammen.

Silvio hatte unterdessen seinen Rock angezogen, lief ins Freie, lockte, das mit Oel beträufelte Brot in der Hand, den Hund, mit dem er sein Frühstück teilte, seinem Spielgefährten glückselig die wichtige Neuigkeit meldend, daß er mit dem Vater Vögel schießen und den Sack tragen dürfe. Nach kurzer Zeit kam Marcantonia mit einem kleinen Pack zurück. Salvatore hatte sich gesetzt und wartete auf sie.

»Hast du schon alles? Du kannst mitnehmen, was du willst: ich brauche nichts mehr von dem Zeug. Hier ist noch ein ganzes Stück Leinwand. Vergiß das Chinin nicht. Was du nicht tragen kannst, magst du in Ostia verkaufen: zwanzig Scudi bekommst du gewiß dafür. Die Frau des Guardiano nimmt dir alles ab; laß es ihr nur nicht zu wohlfeil.«

Aber Marcantonia wollte weder die Leinwand, noch das Chinin, noch sonst irgend etwas, das nicht ihr gehörte. Auch das Geld hob sie nicht auf, obgleich sie eine Sabinerin war.

»Leb wohl.«

Sie ging langsam, ohne ihn anzusehen, hinaus. Draußen rief sie ihrem Sohn: »Silvio! He, Silvio!«

Zögernd kam der Gerufene.

Da stürzte Salvatore aus dem Turm: sein Gesicht war fahl, seine Augen hatten den scheuen Blick eines Mörders.

»Was willst du mit dem Knaben?«

»Was ich mit ihm will? Er soll mit seiner Mutter kommen.«

Silvio begann zu weinen: er hatte sich so darauf gefreut, mit Garibaldi auf die Vogeljagd zu gehen. Doch sein Vater sagte: »Der Knabe bleibt bei mir.«

Da – zum erstenmal – stöhnte das Weib jammervoll auf. Sie wankte, sie brach beinahe zusammen, aber sie bezwang sich.

»Laß das Kind mit mir gehen.«

»Es ist mein Kind.«

»Es ist auch das meine, ich bin seine Mutter.«

»Der Knabe soll bei seinem Vater bleiben.«

»Du willst ihn der fremden Frau bringen?«

»Ja.«

Marcantonia stieß einen heiseren Laut aus; er klang nicht wie der Schrei einer Wütenden oder Wahnsinnigen, sondern wie der letzte

Seufzer eines von Gott und den Menschen verlassenen Geschöpfes. Nach diesem einen entsetzlichen Ton kam lange Zeit kein Laut über ihre Lippen; als sie wieder zu reden vermochte, wendete sie sich an den Knaben. Sie stammelte: »Komm, Silvio! Nicht wahr, du willst mit deiner Mutter gehen?«

Das Kind wollte nicht; es wollte bei seinem Vater bleiben, und mit ihm Vögel schießen. Auch von ihrem Kinde sah sie sich verlassen.

Sie hatte keine Kraft, ihr Kind zu bitten, noch ein letztesmal rief sie es laut beim Namen. Dann sah sie es nicht mehr, denn Nacht legte sich vor ihre Augen. Wie im Dunkeln tappend wendete sie sich ab von Haus, Kind und Gatten und ging davon, schleichend, mit wankenden Knieen, nicht stehenbleibend, nicht zurückblickend, auch nicht, als sie Silvio weinen hörte. Sie befand sich bereits mitten auf der Steppe, als sie erst bemerkte, daß jemand ihr folgte: der Hund. Sie scheuchte ihn zurück; aber das treue Tier kam immer wieder zu der Verlassenen und sprang an ihr in die Höhe. Da warf Marcantonia mit einem Stein nach ihrem einzigen Freund. Dann war sie ganz allein.

Durch die sommerliche, totenstille, versengte Steppe setzte Marcantonia ihren Weg fort. Von Himmel und Erde schienen fahle Strahlen auszugehen, die sich wie Flammen in ihr Hirn bohrten. Sie schloß die Augen und schwankte weiter und weiter. Zuweilen strauchelte sie, stürzte sie hin. Dann blieb sie eine Weile wie leblos liegen, raffte sich wieder auf und schwankte weiter und weiter. Plötzlich hörte sie sich laut angerufen: »He, du da! Hörst du denn nicht?«

Sie öffnete mit Anstrengung die Augen, gewahrte, daß sie sich hinter Ostia auf der römischen Landstraße befand und daß zwei Reiter dicht vor ihr hielten. Es waren Carabinieri.

»Wir hätten dich fast überritten. Du willst wohl nach Rom ins Spital?«

Da Marcantonia nicht wußte, wohin sie wollte, und da es ihr gleich war, wohin sie ging, sagte sie: Ja, sie wollte nach Rom ins Spital.

Einer der Carabinieri meinte: »Wenn du nur hinkommst. Hast wohl das Fieber?«

Sie hatte das Fieber.

»Schon lange?«

»Schon, sehr lange.«

»Wo bist du her?«

»Von da droben.«

»Hast du denn niemand, der sich um dich kümmert?«

»Niemand.«

»Weißt du Bescheid in der Gegend?«

Marcantonia war nicht sicher, ob sie Bescheid wußte; aber sie nickte.

»Wie weit ist's noch bis Torre San Michele?« Als sie den Namen hörte, belebte sie sich.

»Wollt ihr nach Torre San Michele?«

»Ja.«

»Ihr seid wohl fremd hier?«

»Gänzlich fremd.«

»Was wollt ihr in Torre San Michele?«

»Was geht's dich an?«

»Nichts; ich meinte nur - - und weil in Torre San Michele kein Mensch ist.«

»Nicht ein gewisser Sor Baldassare?«

»Sucht ihr den?«

»Kennst du ihn?«

»Ich kenne ihn.«

»Dann kannst du deinen Bekannten in Rom wiedersehen.«

»Wo?«

»Im Gefängnis.«

»Mir kann's recht sein; aber in Torre San Michele trefft ihr ihn nicht.«

»Wo sonst?«

»Wenn ihr den Sor Baldassare fangen wollt, müßt ihr nach Torre Paterno reiten.«

»Ist das weit?«

»Zehn Miglien.«

»Corpo della Madonna!«

»Bis zum Ave könnt ihr dort sein.«

»Woher weißt du, daß der Mann nicht in San Michele ist?«

»Weil ich ihn in Torre Paterno gesehen habe.«

»Wann war das?«

»Gestern früh.«

»Und du verrätst ihn an uns?«

Die Sabinerin richtete sich hoch auf, ihre Augen flammten, pathetisch streckte sie den Arm aus: »Ich verrate ihn an euch.«

»Er hat dir gewiß schön gethan, als du noch nicht das Fieber hattest.«

»Ganz recht, als ich noch nicht das Fieber hatte.«

»Und nun ist's aus?«

»Nun ist's aus.«

»Armes Ding!«

Der eine warf ihr ein paar Soldi zu, Marcantonia hob das Geld auf und steckte es zu sich.

»Also in Torre Paterno?« »Ja. Lebt wohl.«

»Leb wohl.«

Die Carabinieri ritten davon. Marcantonia sah ihnen nach: die Thoren, zu glauben, eine Sabinerin könnte Verrat üben, sei es auch an ihrem Todfeind.

Vierzehntes Kapitel.

Marcantonia fühlte, daß ihre Füße sie nicht länger tragen konnten, sie ließ sich niederfallen, mitten in den Staub der brennenden Landstraße.

Sie schaute den Reitern nach. Es war jetzt Mittag; vor Sonnenuntergang vermochten sie Torre Paterno nicht zu erreichen. Dort mußten sie ihren erschöpften Tieren etwas Ruhe gönnen, so daß sie vor dem Morgen schwerlich in Torre San Michele sein konnten. Bis dahin war der Verfolgte, wurde er rechtzeitig gewarnt, schon längst mit dem Kind über alle Berge.

Mit dem Kinde, das er gewiß jener fremden Frau brachte, da er selbst fliehen mußte. Die fremde Frau aber sollte das Kind nicht haben.

Schauer schüttelten sie. Als der Anfall vorüber war, riß sie sich empor, schlich sie die Straße zurück. Nach einigen Stunden lag der Turm wieder vor ihr; sie hörte den Hund bellen, also waren sie von der Vogeljagd zurück. Unterwegs hatte sie sich ausgedacht, was sie thun wollte und wie sie es thun wollte. Sogleich schritt sie ans Werk.

Sie begab sich von der offnen Steppe fort nach den Ruinen des alten Ostia, wo sie sehr bald fand, was sie suchte. Auf dem Boden eines antiken Tempels lag zusammengeringelt eine große Natter. Leise näherte sie sich dem um diese Jahreszeit besonders giftigen Reptil, schlug es mit einer Gerte, die sie von einem wilden Oelstrauch abgebrochen hatte, auf den Kopf, warf ihr Schleiertuch über das betäubte Tier und schnürte es fest ein. Dann ging sie geradeswegs nach dem Turm.

Als sie in die Nähe ihrer ehemaligen Wohnung kam, erblickte sie der Hund, stürzte mit einem Freudengeheul auf sie zu und umkreiste sie in tollen Sätzen.

Das Gebell lockte Silvio aus dem Turm. Da er seine Mutter sah, wollte er wieder zurück, aber Marcantonia winkte und nickte, bis der Knabe sich ihr zaudernd näherte.

Sie legte ihren Pack und das Tuch mit der Schlange auf die Erde, setzte sich daneben und fragte Silvio nach dem Vater.

»Der schläft. Ich will ihm sagen, daß du wieder da bist.«

»Laß deinen Vater schlafen. Warst du mit ihm auf der Jagd?«

Mit leuchtenden Augen rief Silvio: »Den ganzen Sack habe ich voller Vögel; warte, ich zeige sie dir.«

»Später: jetzt bleibe bei mir.«

Ungern gehorchte er; aber da seine Mutter freundlich gegen ihn war, wurde er nach und nach zutraulich.

»Es war prächtig! So viele Vögel! Und denke dir, der Vater hat mir gesagt – –«

Aber er stockte. Marcantonia erriet, was sein Vater ihm gesagt hatte: »Daß er dich zu der fremden Frau bringen will?«

»Heute abend gehen wir nach Rom. Warum kommst du nicht mit? Die fremde Frau gibt uns süßes Gebäck. Gehst du wieder fort?«

»Ich gehe wieder fort.«

Da sah Silvio das zusammengeknotete Schleiertuch.

»Was ist in dem Tuch? Hast du mir etwas mitgebracht?«

Silvio griff nach dem Bündel, aber Marcantonia nahm es ihm fort, umschlang das Kind, öffnete das Tuch – –

Entsetzt schrie Silvio auf. Eine große Schlange war pfeilschnell in die Höhe geschossen und hatte ihn, der sich erwartungsvoll vorgebeugt, in den Arm gebissen. Obgleich das Reptil sofort im Grase verschwunden war, konnte Silvio sich von seinem Schreck gar nicht erholen, war totenblaß und zitterte am ganzen Leibe; aber seine Mutter sah ihn so seltsam an, daß er, um sie nicht wieder böse zu machen, seine Thränen unterdrückte. Er nahm sich vor, dem Vater nichts davon zu sagen, daß die Mutter ihm eine Schlange mitgebracht, die ihn gebissen hatte – der Vater sollte die Mutter nicht schlagen.

Marcantonia nahm ihren Sohn in ihre Arme, drückte seinen Kopf gegen ihre Brust, herzte und küßte ihn, was sie noch niemals gethan, und sprach leise mit ihm: »Die böse Schlange, wo hat sie meinen Silvio gebissen?«

Sie berührte die verwundete Stelle, und das Kind wimmerte laut auf. Es klagte: »Zuerst hat es gar nicht weh gethan.«

»Und jetzt thut es dir sehr weh?«

»Sehr. Aber sag's nicht dem Vater.«

Sie drückte ihn von neuem an sich, liebkoste ihn heftig, hielt ihn innig umschlungen.

Der Knabe schluchzte: »Es thut so weh, so weh!«

»Nein, nein! Sei ruhig, sei ganz ruhig!«

Allmählich wurde Silvio betäubt; Arm und Hals schwollen auf, das Gesicht glühte im Fieber, die Lippen bekamen eine bläuliche Farbe. Von Zeit zu Zeit stöhnte er jammervoll auf; seine Mutter wendete kein Auge von ihm.

Die Sonne ging unter, die Nacht brach herein. Silvio war völlig bewußtlos und röchelte schwer.

Marcantonia legte ihren Sohn nieder und betrat den Turm, wo sie die Lampe anzündete und Salvatore weckte. Mit einem Fluch sprang dieser in die Höhe.

»Du bist wieder da? Wie siehst du aus!« »Die Carabinieri suchen dich. Ich habe sie nach Paterno geschickt, aber bis Mitternacht können sie hier sein.«

»Du hast sie nach Paterno geschickt und bist zurückgekommen – «

»Du mußt gleich fort.«

»Marcantonia!«

»Du mußt fort.«

»Vergib mir.«

»Geh!«

»Wo ist der Knabe?«

»Er schläft: ich kann ihn nicht wecken.«

»Behalte das Kind.«

»Es ist tot; ich habe es umgebracht.«

»Umgebracht, du das Kind?!«

»Du wolltest es der fremden Frau bringen.«

Da schrie er gräßlich auf: »Sie hat mich verraten.«

»So gehst du nicht zu ihr?«

»Ja – um sie zu töten.«

Kurz vor Sonnenaufgang kamen die Carabinieri in Torre San Michele an. Sie fanden den Mann, nach dem sie fahndeten, entflohen. Nur das Weib war da. Aber selbst die wütenden Gensdarmen schreckten vor ihr zurück: eine Sterbende kauerte sie am Herde, im Schoße ein totes Kind.

Erst in Livorno gelang es Salvatore, Lucia zu erreichen; am nächsten Tage sollte die Gesellschaft sich nach Amerika einschiffen. Spät abends erschien er plötzlich im Zimmer der Tragödin, bei der sich ihr erster Liebhaber befand. Salvatore schloß hinter sich zu, würdigte den jungen Menschen keines Blickes und fragte Lucia mit ruhiger Stimme, ob sie es gewesen sei, die ihn der Polizei angezeigt hätte?

Ja, sie war es gewesen.

Warum sie es gethan?

Weil sie sich seiner entledigen wollte! Aber die dummen Carabinieri hatten es falsch angefangen. Statt zu warten, bis er zu ihr nach Rom gekommen, hatten sie ihn in seinem Turm aufgesucht. So war sie um das Kind gebracht worden, denn das Kind hatte sie haben wollen.

Salvatore sagte ihr, daß das Kind tot sei.

»Tot?«

»Seine Mutter hat es getötet.«

»Die Gräßliche!«

»Sie wollte nicht, daß das Kind zu dir kam; sie wollte dem Kind einen letzten Liebesdienst erweisen.«

Und er faßte nach seinem Dolch.

»Er will mich umbringen! Raffaello, rette mich!«

Aber Raffaello war feige.

Da warf sich Lucia ihm zu Füßen.

»Laß mich leben!«

Salvatore ließ sie leben. Er hatte bereits seinen Dolch nach ihr gezückt; aber als sich das Weib zu seinen Füßen wand, übermannte ihn der Ekel und – er ließ sie leben.

Trotz der ihm drohenden Gefahr begab er sich wieder nach Torre San Michele zurück; aber die er suchte, fand er nicht. Marcantonia mußte ihren toten Knaben genommen haben und davongegangen sein.

Wohin?

Wohin begibt sich ein zu Tode getroffenes, wildes Tier?

Es verkriecht sich und stirbt.

Über tredition

Eigenes Buch veröffentlichen

tredition wurde 2006 in Hamburg gegründet und hat seither mehrere tausend Buchtitel veröffentlicht. Autoren veröffentlichen in wenigen leichten Schritten gedruckte Bücher, e-Books und audio-Books. tredition hat das Ziel, die beste und fairste Veröffentlichungsmöglichkeit für Autoren zu bieten.

tredition wurde mit der Erkenntnis gegründet, dass nur etwa jedes 200. bei Verlagen eingereichte Manuskript veröffentlicht wird. Dabei hat jedes Buch seinen Markt, also seine Leser. tredition sorgt dafür, dass für jedes Buch die Leserschaft auch erreicht wird.

Im einzigartigen Literatur-Netzwerk von tredition bieten zahlreiche Literatur-Partner (das sind Lektoren, Übersetzer, Hörbuchsprecher und Illustratoren) ihre Dienstleistung an, um Manuskripte zu verbessern oder die Vielfalt zu erhöhen. Autoren vereinbaren direkt mit den Literatur-Partnern die Konditionen ihrer Zusammenarbeit und partizipieren gemeinsam am Erfolg des Buches.

Das gesamte Verlagsprogramm von tredition ist bei allen stationären Buchhandlungen und Online-Buchhändlern wie z. B. Amazon erhältlich. e-Books stehen bei den führenden Online-Portalen (z. B. iBookstore von Apple oder Kindle von Amazon) zum Verkauf.

Einfach leicht ein Buch veröffentlichen: **www.tredition.de**

Eigene Buchreihe oder eigenen Verlag gründen

Seit 2009 bietet tredition sein Verlagskonzept auch als sogenanntes "White-Label" an. Das bedeutet, dass andere Unternehmen, Institutionen und Personen risikofrei und unkompliziert selbst zum Herausgeber von Büchern und Buchreihen unter eigener Marke werden können. tredition übernimmt dabei das komplette Herstellungs- und Distributionsrisiko.

Zahlreiche Zeitschriften-, Zeitungs- und Buchverlage, Universitäten, Forschungseinrichtungen u.v.m. nutzen diese Dienstleistung von tredition, um unter eigener Marke ohne Risiko Bücher zu verlegen.

Alle Informationen im Internet: **www.tredition.de/fuer-verlage**

tredition wurde mit mehreren Innovationspreisen ausgezeichnet, u. a. mit dem Webfuture Award und dem Innovationspreis der Buch Digitale.

tredition ist Mitglied im Börsenverein des Deutschen Buchhandels.

Dieses Werk elektronisch lesen

Dieses Werk ist Teil der Gutenberg-DE Edition DVD. Diese enthält das komplette Archiv des Projekt Gutenberg-DE. Die DVD ist im Internet erhältlich auf **http://gutenbergshop.abc.de**

Zeitfracht Medien GmbH
Ferdinand-Jühlke-Straße 7
99095 Erfurt, Deutschland
produktsicherheit@kolibri360.de